文庫 34

立原道造

津村信夫

新学社

装幀　友成　修

カバー画
パウル・クレー『フランスの海水浴場』一九二七年
個人蔵（スイス）

協力　日本パウル・クレー協会

河井寛次郎　作画

目次

立原道造

津村信夫

立原道造

萱草《わすれぐさ》に寄す

SONATINE No.1

はじめてのものに

ささやかな地異は　そのかたみに
灰を降らした　この村に　ひとしきり
灰はかなしい追憶のやうに　音立てて
樹木の梢に　家々の屋根に　降りしきつた

その夜　月は明かつたが　私はひとと
窓に凭れて語りあつた（その窓からは山の姿が見えた）
部屋の隅々に　峡谷のやうに　光と
よくひびく笑ひ声が溢れてゐた
――人の心を知ることは……人の心とは……
私は　そのひとが蛾を追ふ手つきを　あれは蛾を
把へようとするのだらうか　何かいぶかしかつた
いかな日にみねに灰の煙の立ち初めたか
火の山の物語と……また幾夜さかは　果して夢に
その夜習つたエリーザベトの物語を織つた

　またある夜に
私らはたたずむであらう　霧のなかに

霧は山の沖にながれ　月のおもを
投箭のやうにかすめ　私らをつつむであらう
灰の帷のやうに

私らは別れるであらう　知ることもなしに
知られることもなく　あの出会つた
雲のやうに　私らは忘れるであらう
水脈のやうに

その道は銀の道　私らは行くであらう
ひとりはなれ……　(ひとりはひとりを
夕ぐれになぜ待つことをおぼえたか)

私らは二たび逢はぬであらう　昔おもふ
月のかがみはあのよるをうつしてゐると
私らはただそれをくりかへすであらう

晩《おそ》き日の夕べに

大きな大きなめぐりが用意されてゐるが
だれにもそれとは気づかれない
空にも　雲にも　うつろふ花らにも
もう心はひかれ誘はれなくなつた

夕やみの淡い色に身を沈めても
それがこころよさとはもう言はない
啼いてすぎる小鳥の一日も
とほい物語と唄を教へるばかり

しるべもなくて来た道に
道のほとりに　なにをならつて
私らは立ちつくすのであらう

私らの夢はどこにめぐるのであらう
ひそかに　しかしいたいたしく
その日も　あの日も賢いしづかさに？

わかれる昼に

ゆさぶれ　青い梢を
もぎとれ　青い木の実を
ひとよ　昼はとほく澄みわたるので
私のかへつて行く故里が　どこかにとほくあるやうだ

何もみな　うつとりと今は親切にしてくれる
追憶よりも淡く　すこしもちがはない静かさで
単調な　浮雲と風のもつれあひも
きのふの私のうたつてゐたままに

弱い心を　投げあげろ
嚙みすてた青くさい核《たね》を放るやうに
ゆさぶれ　ゆさぶれ

ひとよ
いろいろなものがやさしく見いるので
唇を嚙んで　私は憤ることが出来ないやうだ

のちのおもひに

夢はいつもかへつて行つた　山の麓のさびしい村に
水引草に風が立ち
草ひばりのうたひやまない
しづまりかへつた午さがりの林道を

うららかに青い空には陽がてり　火山は眠つてゐた

――そして私は
見て来たものを　島々を　波を　岬を　日光月光を
だれもきいてゐないと知りながら　語りつづけた……

夢は　そのさきには　もうゆかない
なにもかも　忘れ果てようとおもひ
忘れつくしたことさへ　忘れてしまつたときには

夢は　真冬の追憶のうちに凍るであらう
そして　それは戸をあけて　寂寥のなかに
星くづにてらされた道を過ぎ去るであらう

夏花の歌

その一

空と牧場のあひだから　ひとつの雲が湧きおこり
小川の水面に　かげをおとす
水の底には　ひとつの魚が
身をくねらせて　日に光る

それはあの日の夏のこと！
いつの日にか　もう返らない夢のひととき
黙つた僕らは　足に藻草をからませて
ふたつの影を　ずるさうにながれにまかせ揺らせてゐた

……小川の水のせせらぎは

けふもあの日とかはらずに
風にさやさや　ささやいてゐる

あの日のをとめのほほゑみは
なぜだか　僕は知らないけれど
しかし　かたくつめたく　横顔ばかり

その二

あの日たち　羊飼ひと娘のやうに
たのしくばつかり過ぎつつあつた
何のかはつた出来事もなしに
何のあたらしい悔ゐもなしに

あの日たち　とけない謎のやうな
ほほゑみが　かはらぬ愛を誓つてゐた
薊の花やゆふすげにいりまじり

稚い　いい夢がゐた——いつのことか！
どうぞ　もう一度　帰つておくれ
青い雲のながれてゐた日
あの昼の星のちらついてゐた日……
あの日たち　あの日たち　帰つておくれ
僕は　大きくなつた　溢れるまでに
僕は　かなしみ顫へてゐる

SONATINE No.2

虹とひとと

雨あがりのしづかな風がそよいでゐた　あのとき

叢は露の雫にまだ濡れて　蜘蛛の念珠《おじゆず》も光つてゐた
東の空には　ゆるやかな虹がかかつてゐた
僕らはだまつて立つてゐた　黙つて！

ああ何もかもあのままだ　おまへはそのとき
僕を見上げてゐた　僕には何もすることがなかつたから
（僕はおまへを愛してゐたのに）
（おまへは僕を愛してゐたのに）

また風が吹いてゐる　また雲がながれてゐる
明るい青い暑い空に　何のかはりもなかつたやうに
小鳥のうたがひびいてゐる　花のいろがにほつてゐる

おまへの睫毛にも　ちひさな虹が憩んでゐることだらう
（しかしおまへはもう僕を愛してゐない
僕はもうおまへを愛してゐない）

夏の弔ひ

逝いた私の時たちが
私の心を金《きん》にした　傷つかぬやう傷は早く復《なほ》るやうにと
昨日と明日との間には
ふかい紺青の溝がひかれて過ぎてゐる

投げて捨てたのは
涙のしみの目立つ小さい紙のきれはしだつた
泡立つ白い波のなかに　或る夕べ
何もがすべて消えてしまつた！　筋書どほりに

それから　私は旅人になり　いくつも過ぎた
月の光にてらされた岬々の村々を
暑い　涸いた野を

おぼえてゐたら！　私はもう一度かへりたい
どこか？　あの場所へ（あの記憶がある
私が待ち　それを　しづかに諦めた——）

忘れてしまつて

深い秋が訪れた！（春を含んで）
湖は陽にかがやいて光つてゐる
鳥はひろいひろい空を飛びながら
色どりのきれいな山の腹を峡の方に行く

葡萄も無花果も豊かに熟れた
もう穀物の収穫ははじまつてゐる
雲がひとつふたつながれて行くのは
草の上に眺めながら寝そべつてゐよう

私は　ひとりに　とりのこされた！
私の眼はもう凋落を見るにはあまりに明るい
しかしその眼は時の祝祭に耐へないちひささ！

このままで　暖かな冬がめぐらう
風が木の葉を播き散らす日にも——私は信じる
静かな音楽にかなふ和やかだけで　と

暁と夕の詩

I　或る風に寄せて

おまへのことでいつぱいだつた　西風よ
たるんだ唄のうたひやまない　雨の昼に
とざした窓《まど》のうすあかりに
さびしい思ひを噛みながら

おぼえてゐた　おののきも　顫へも
あれは見知らないものたちだ……
夕ぐれごとに　かがやいた方から吹いて来て

あれはもう　たたまれて　心にかかつてゐる
おまへのうたつた　とほい調べだ――
誰がそれを引き出すのだらう　誰が
それを忘れるのだらう……さうして

夕ぐれが夜に変るたび　雲は死に
そそがれて来るうすやみのなかに
おまへは　西風よ　みんななくしてしまつた　と

Ⅱ　やがて秋……

やがて　秋が　来るだらう
夕ぐれが親しげに僕らにはなしかけ
樹木が老いた人たちの身ぶりのやうに
あらはなかげをくらく夜の方に投げ

すべてが不確かにゆらいでゐる
かへつてしづかなあさい吐息のやうに……
(昨日でないばかりに　それは明日)と
僕らのおもひは　ささやきかはすであらう

——秋が　かうして　かへつて来た
さうして　秋がまた　たたずむ　と
ゆるしを乞ふ人のやうに……

やがて忘れなかつたことのかたみに
しかし　かたみなく　過ぎて行くであらう
秋は……さうして……ふたたびある夕ぐれに——

Ⅲ　小譚詩

一人はあかりをつけることが出来た
そのそばで　本をよむのは別の人だつた
しづかな部屋だから　低い声が
それが隅の方にまで　よく聞えた（みんなはきいてゐた）

一人はあかりを消すことが出来た
そのそばで　眠るのは別の人だつた
糸紡ぎの女が子守の唄をうたつてきかせた
それが窓の外にまで　よく聞えた（みんなはきいてゐた）

幾夜も幾夜もおんなじやうに過ぎて行つた……
風が叫んで　塔の上で　雄鶏が知らせた
――兵士《ジアツク》は旗を持て　驢馬は鈴を搔き鳴らせ！

それから　朝が来た　ほんとうの朝が来た
また夜が来た　また　あたらしい夜が来た
その部屋は　からつぽに　のこされたままだつた

Ⅳ　眠りの誘ひ

おやすみ　やさしい顔した娘たち
おやすみ　やはらかな黒い髪を編んで
おまへらの枕もとに胡桃色にともされた燭台のまはりには
快活な何かが宿つてゐる（世界中はさらさらと粉の雪）

私はいつまでもうたつてゐてあげよう
私はくらい窓の外に　さうして窓のうちに
それから　眠りのうちに　おまへらの夢のおくに
それから　くりかへしくりかへして　うたつてゐてあげよう

ともし火のやうに
風のやうに　星のやうに
私の声はひとふしにあちらこちらと……

するとおまへらは　林檎の白い花が咲き
ちひさい緑の実を結び　それが快い速さで赤く熟れるのを
短い間に　眠りながら　見たりするであらう

V　真冬の夜の雨に

あれらはどこに行つてしまつたか？
なんにも持つてゐなかつたのに
みんな　とうになくなつてゐる
どこか　とほく　知らない場所へ
真冬の雨の夜は　うたつてゐる

待つてゐた時とかはらぬ調子で
しかし帰りはしないその調子で
とほく　とほい　知らない場所で

なくなつたものの名前を　耐へがたい
つめたいひとつ繰りかへしで——
それさへ　僕は　耳をおほふ

時のあちらに　あの青空の明るいこと！
その望みばかりのこされた　とは　なぜいはう
だれとも知らない　その人の瞳の底に？

Ⅵ　失なはれた夜に

灼けた瞳が　灼けてゐた
青い眸でも　茶色の瞳でも

なかつた　きらきらしては
僕の心を　つきさした

泣かさうとでもいふやうに
しかし　泣かしはしなかつた
きらきら　僕を撫でてゐた
甘つたれた僕の心を嘗めてゐた

灼けた瞳は　動かなかつた
青い眸でも　茶色の瞳でも
あるかのやうに　いつまでも

灼けた瞳は　しづかであつた!
太陽や香のいい草のことなど忘れてしまひ
ただかなしげに　きらきら　きらきら　灼けてゐた

Ⅶ　溢れひたす闇に

美しいものにならほほゑむがよい
涙よ　いつまでも　かはかずにあれ
陽は　大きな景色のあちらに沈みゆき
あのものがなしい　月が燃え立つた

つめたい！光にかがやかされて
さまよひ歩くかよわい生き者たちよ
己は　どこに住むのだらう——答へておくれ
夜に　それとも昼に　またうすらあかりに？

己は　嘗てだれであつたのだらう？
（誰でもなく　誰でもいい　誰か——）
己は　恋する人の影を失つたきりだ

ふみくだかれてもあれ　己のやさしかつた望み
己はただ眠るであらう　眠りのなかに
遺された一つの憧憬に溶けいるために

Ⅷ　眠りのほとりに

沈黙は　青い雪のやうに
やさしく　私を襲ひ……
私は　射とめられた小さい野獣のやうに
眠りのなかに　身をたふす　やがて身動きもなしに
ふたたび　ささやく　失はれたしらべが
春の浮雲と　小鳥と　花と　影とを　呼びかへす
しかし　それらはすでに私のものではない
あの日　手をたれて歩いたひとりぼつちの私の姿さへ

私は　夜に　あかりをともし　きらきらした眠るまへの
そのあかりのそばで　それらを溶かすのみであらう
夢のうちに　夢よりもたよりなく――

影に住み　そして時間が私になくなるとき
追憶はふたたび　嘆息のやうに　沈黙よりもかすかな
言葉たちをうたはせるであらう

Ⅸ　さまよひ

夜だ――すべての窓に　燈はうばはれ
道が　そればかり　ほのかに明く　かぎりなく
つづいてゐる……それの上を行くのは
僕だ　ただひとり　ひとりきり　何ものをもとめるとなく
月は　とうに沈みゆき　あれらの

やさしい音楽のやうに　微風もなかつたのに
ゆらいでゐた景色らも　夢と一しよに消えた
僕は　ただ　眠りのなかに　より深い眠りを忘却を追ふ……

いままた　すべての愛情が僕に注がれるとしたら
それを　僕の掌はささへるに　あまりにうすく
それの重みに　よろめきたふれるにはもう涸ききつた！

朝やけよ！早く来い——眠りよ！覚めよ……
つめたい灰の霧にとざされ　僕らを凍らす　粗い日が
訪れるとき　さまよふ夜よ　夢よ　ただ悔恨ばかりに！

X　朝やけ

昨夜の眠りの　よごれた死骸の上に
腰をかけてゐるのは　だれ？

その深い　くらい瞳から　今また
僕の汲んでゐるものは　何ですか？

こんなにも　牢屋《ひとや》めいた部屋うちを
あんなに　御堂のやうに　きらめかせ　はためかせ
あの音楽はどこへ行つたか
あの形象《かたち》はどこへ過ぎたか

ああ　そこには　だれがゐるの？
むなしく　空しく　移る　わが若さ！
僕はあなたを　待つてはをりやしない

それなのにぢつと　それのベットのはしに腰かけ
そこに見つめてゐるのは　だれですか？
昨夜の眠りの秘密を　知つて　奪つたかのやうに

優しき歌

序の歌

しづかな歌よ　ゆるやかに
おまへは　どこから　来て
どこへ　私を過ぎて
消えて　行く？

夕映が一日を終らせよう
と　するときに——
星が　力なく　空にみち

かすかに囁きはじめるときに
そして　高まつて　むせび泣く
絃のやうに　おまへ　優しい歌よ
私のうちの　どこに　住む？

それをどうして　おまへのうちに
私は　かへさう　夜ふかく
明るい闇の　みちるときに？

I　爽やかな五月に

月の光のこぼれるやうに　おまへの頰に
溢れた　涙の大きな粒が　すぢを曳いたとて
私は　どうして　それをささへよう！
おまへは　私を　だまらせた……

《星よ　おまへはかがやかしい
《花よ　おまへは美しかつた
《小鳥よ　おまへは優しかつた
……私は語つた　おまへの耳に　幾たびも

だが　たつた一度も　言ひはしなかつた
《私は　おまへを　愛してゐる　と
《おまへは　私を　愛してゐるか　と

はじめての薔薇が　ひらくやうに
泣きやめた　おまへの頰に　笑ひがうかんだとて
私の心を　どこにおかう?

Ⅱ　落葉林で

あのやうに
あの雲が　赤く
光のなかで
死に絶えて行つた

私は　身を凭せてゐる
おまへは　だまつて　背を向けてゐる
ごらん　かへりおくれた
鳥が一羽　低く飛んでゐる

私らに　一日が
はてしなく　長かつたやうに

雲に　鳥に
そして　あの夕ぐれの花たちに

私らの　短いいのちが

どれだけ　ねたましく　おもへるだらうか

Ⅲ　さびしき野辺

いま　だれかが　私に
花の名を　ささやいて行つた
私の耳に　風が　それを告げた
追憶の日のやうに

いま　だれかが　しづかに
身をおこす　私のそばに
もつれ飛ぶ　ちひさい蝶らに
手をさしのべるやうに

ああ　しかし　と
なぜ私は　いふのだらう

そのひとは　だれでもいい　と

いま　だれかが　とほく
私の名を　呼んでゐる……ああ　しかし
私は答へない　おまへ　だれでもないひとに

Ⅳ　夢のあと

《おまへの　心は
わからなくなつた
《私の　こころは
わからなくなつた

かけた月が　空のなかばに
かかつてゐる　梢のあひだに――
いつか　風が　やんでゐる

蚊の鳴く声が　かすかにきこえる
それは　そのまま　過ぎるだらう！
私らのまはりの　この　しづかな夜
きつといつかは（あれはむかしのことだつた）と
私らの　こころが　おもひかへすだけならば！……
《おまへの心は　わからなくなつた
《私のこころは　わからなくなつた

V　また落葉林で

いつの間に　もう秋！　昨日は
夏だつた……おだやかな陽気な
陽ざしが　林のなかに　ざわめいてゐる

ひとところ　草の葉のゆれるあたりに

おまへが私のところからかへつて行つたときに
あのあたりには　うすい紫の花が咲いてゐた
そしていま　おまへは　告げてよこす
私らは別離に耐へることが出来る　と

澄んだ空に　大きなひびきが
鳴りわたる　出発のやうに
私は雲を見る　私はとほい山脈を見る

おまへは雲を見る　おまへはとほい山脈を見る
しかしすでに　離れはじめた　ふたつの眼ざし……
かへつて来て　みたす日は　いつかへり来る？

Ⅵ　朝に

おまへの心が　明るい花の
ひとむれのやうに　いつも
眼ざめた僕の心に　はなしかける
《ひとときの朝の　この澄んだ空　青い空

傷ついた　僕の心から
棘を抜いてくれたのは　おまへの心の
あどけない　ほほゑみだ　そして
他愛もない　おまへの心の　おしやべりだ

ああ　風が吹いてゐる　涼しい風だ
草や　木の葉や　せせらぎが
こたへるやうに　ざわめいてゐる

あたらしく　すべては　生れた！
露がこぼれて　かわいで行くとき
小鳥が　蝶が　昼に高く舞ひあがる

Ⅶ　また昼に

僕はもう　はるかな青空やながされる浮雲のことを
うたはないだらう……
昼の　白い光のなかで
おまへは　僕のかたはらに立つてゐる

花でなく　小鳥でなく
かぎりない　おまへの愛を
信じたなら　それでよい
僕は　おまへを　見つめるばかりだ

いつまでも　さうして　ほほゑんでゐるがいい
老いた旅人や　夜　はるかな昔を　どうして
うたふことがあらう　おまへのために

さへぎるものもない　光のなかで
おまへは　僕は　生きてゐる
ここがすべてだ！……僕らのせまい身のまはりに

Ⅷ　午後に

さびしい足拍子を踏んで
山羊は　しづかに　草を　食べてゐる
あの緑の食物は　私らのそれにまして
どんなにか　美しい食事だらう！

私の餓ゑは　しかし　あれに

たどりつくことは出来ない
私の心は　もつとさびしく　ふるへてゐる
私のおかした　あやまちと　いつはりのために

おだやかな獣の瞳に　うつつた
空の色を　見るがいい！

〈私には　何が　ある？
〈私には　何が　ある？

ああ　さびしい足拍子を踏んで
山羊は　しづかに　草を　食べてゐる

Ⅸ　樹木の影に

日々のなかでは

あはれに　目立たなかつた
あの言葉　いま　それは
大きくなつた！

おまへの裡に
僕のなかに　育つたのだ
……外に光が充ち溢れてゐるが
それにもまして　かがやいてゐる

いま　僕たちは憩ふ
ふたりして持つ　この深い耳に
意味ふかく　風はささやいて過ぎる
泉の上に　ちひさい波らは
ふるへてやまない……僕たちの
手にとらへられた　光のために

X　夢みたものは……

夢みたものは　ひとつの幸福
ねがつたものは　ひとつの愛
山なみのあちらにも　しづかな村がある
明るい日曜日の　青い空がある

日傘をさした　田舎の娘らが
着かざつて　唄をうたつてゐる
大きなまるい輪をかいて
田舎の娘らが　踊ををどつてゐる

告げて　うたつてゐるのは
青い翼の一羽の　小鳥
低い枝で　うたつてゐる

夢みたものは　ひとつの愛
ねがつたものは　ひとつの幸福
それらはすべてここに　ある　と

あひみてののちの

　男は周囲に少女の雰囲気を感じ乍《なが》らわざとらしい強がつた態度でパステルの風景を描きすゝめてゐた。少女らは男を取り巻くやうにして無雑作に粗いタッチの引きずられてゆく画面と取りつき所のないやうな男の横顔とを等分に見守つた。男は頬つぺたがくすぐつたかつた、ぢろ〳〵視てゐるらしい少女らを意識することのぢれつたさが暗い緑を紙の上にごし〳〵こすりつけさせた。少女らはふと或事件を思ひ出して互に何か低声《こごえ》で語り合つた。男は別な楽しいものを思ひあたつた、頬つぺたを慌てたやうに撫でた。少女らはぎこちない男の動作に失笑した――それは思ひ出した事件のせゐだつたかも知れない、男はきまづさうに明るい緑を描きかさねた、そして或事件のために自分はこの少女らをとうに知つてる筈なことに気がついて首をすくめた。

　二日前の事件――午後三時。男はねころんで天井を見てゐた、（天井は黒ずんで大る少女らの声を意識した、（立ち上つた。）少女らはおまんぢゆうの餡の甘くないのを憤慨した、男は窓の框に腰をかけた、隣家は開放してあつたので少女らをすつかり見ることが出来た。少女らは山の上まで運ぶ間に腐るといけないので大変甘い餡にすることが出来ないにちがひないと断案した。男はその一人に昔の恋人に似た子を見つけたのでスケッチ帖をその子の種々な姿で埋めてしまはうと思つた、それは悲しい遠大な計画であつた。少女らは各自に少女らしく礼儀に適つた方法でお茶をいたゞいた。男はその子の姿を三つ程描いた。少女らはその一人の注意により先刻から自分たちの方を凝視してゐる男の存在に一斉に目を注いだ。男はその子のや丶顔をこちらへ向けた姿に鉛筆《ふで》をつけはじめた。少女らは突然笑ひ出した、（彼女らは男性をむくつけきものだと思つてゐた。）男は驚いた、恥しさが頭に上つた、ひつくりかへつて障子のかげに隠れた。少女らは気の毒だつた、面白かつた、男の姿の消えた窓の辺を見つめてゐた。男はも一度様子を見ようとしてざりがにのやうに首を出した、少女らは思ひがけず再び現はれた首を先刻と同じやうに笑つた。男は周章《あは》ててまた隠れた。前のやうに仰向きにねころんだ。少女らは暫く見てゐても出て来ない首を忘れはじめた、男は笑はれたときの感情を反芻し乍ら途方にくれた天井の木目に目を投げてゐた。少女らは新しい遊びに噪《はしや》ぎはじめた。男はあきらめに似た感傷を持てあました……。

《こないだのゑみせて下さい》

男はふりむいてあの子だと知つた、声がちよつと出なかつた。

《え?……》

少女らは笑つた、すべての感情を笑ひで表現しようとつとめたらしい。男はあの子の割合に浅黒い顔を何故か正視出来なかつた。あの子は屈託なくすら〳〵といつた。

《おまんぢゆうたべてたときの――》

男は少女らが記憶してゐてくれたのがうれしかつたから早速返事してあげようと思つたがい、言葉がなかつたので考へてゐた。少女らは何か期待の外れた感じだつた。男はやつと返事が頭に浮んだ、あの子の脣を見つめた。

《あれ? きみのゑばかし!》

少女らは愉快さうに笑つてみせた。男は耐らなく不満だつた。少女らはだまつたま〻男を見守つた。男は仕方なくパステルの箱の方へ手をのべた、模型の虹の上に葉洩れ日が皮膚病のやうなかげを静かに落してゐた。少女らは暫らく男の描きつゞけるのを見てゐた後静かに立ち去つた。男はそれが当然なやうに思へた。(子供たちにはどうせ僕の気持なんてわかりつこない、それにお互に旅人でしかないんぢやないんか)そのくせあきらめに似た希望を心の奥に豆ランプのやうにともしたのだつた。少女らは歩き乍ら無邪気にはなしてゐた、その声は可成り高かつた。男はその会話をき丶のがすまいとたくらんだ。
《あのひときつとあんたがすきなのよ》
《さうよ、であんなことをいふのよ》
《あんたはあの人すき！》
少女らは一人づゝ日だまりに入つて一人づゝ明るく輝いてはまた暗く樹の間に消えて行つた。男はあの子が何といふか聞かうと空しく努力した。そして別れたばかりの恋人に対して彼女らの一人を恋することは悪いことだらうと思つた。少女らは遠いところで、はなやかに笑つてきかせた。（笑ひ声は遠くできくとさみしかつた。）男は立ちあがつた。日がかげつて林の中は一時に暗くなつた、蟻が何事もないやうに路の上をひつきりなしにゆききしてゐた。

（沙爾は泳げないの。でも、十三米の半分だけは泳げるんだつてゐばりました、それに泳げないしるしの帽子の赤い房をあの人は好いてゐたんだつけ。今、さみしがつてるかしら。もう、あれきりお手紙も下さらない、我慢してらつしやるのよ。きつと。沙爾はいゝ人！　お父さまのおつしやるみたいな悪い人ぢやないのに。をとなつて、どうして叱りたがるのかしら。も一度ないしよでお手紙下さらないかしら。この頃、前みたいにいゝ子ぢやなくなつちやつた……）

ヒヨコは海岸の熱い砂の上にねころび乍ら先刻から男――沙爾のことばかし考へてゐた。白い波がどこからこうも多く来るのであらうか波打際に次から次へと押し寄せて来てゐた。別の男がやつぱり波打際で先刻から足をさらはれ乍らヒヨコを見守つてゐた。ヒヨコは砂が熱すぎたのでも一遍海へ入らうと波打際の方へ歩いて行つた。別な男は水に浸りすぎたので砂であた、まらうと浜の方へ歩いて行つた（二人は意識的に避けあつたやうに見えた）。

都会《まち》では沙爾の母がひとり旅にゐるむすこに悪い虫が、つかないでくれゝばよいと願つてゐた。

2

男は窓際に机を置いてペンの尖でふさぎの虫をつぶさうとしてゐた。少女らは階下《した》に皆で集り先生を中心として何かの書物の輪講をしてゐた、それは彼女らの上級学校の入学試験の準備のためのものであつた。男は隣家の少女らのその熱心な勉強を見て居るとわけも分らずうれしくなつて来た。少女らは関東地方の都邑を諳《そら》んじつゞけてゐた。一面の雨雲で向うの山は見えず近いところに霧が激しく息をついてゐた。

ヒヨコは生理に就いて感慨に耽つてゐた後で何がなしきまりが悪くなつてしまつた。

別の男は月刊の少女雑誌を取り散らして読み乍ら思春期の少女の情緒心理を研究してゐた。ヒヨコはチヨコレートの銀紙を剝いで口へ投り込んで何でもなささうな顔をした。別の男は理解しきれない儘にその研究を放擲して鑵の中からお煎餅を出してバリツと音を立てた。一面の雨雲で遠くの半島は墨絵となり近いところに雨が銀の糸を引いてゐた。

3

男はもつと少女たちとおなじみになつてもよかりさうにと思ひ乍らお風呂に浸つて居た。少女らは一つところへかたまつてねころんで「サンデー毎日」の小説を音読してゐた。男は風呂場の窓の風景に目をぼんやり向けてゐた。少女らは大人の世界の小説を面白く思つた。男はお風呂から出て抜けたさるまたの紐を通しそれから浴衣を肩にかけて窓から外を見た。少女らはその小説をやつと読み終へて起き上つて皆同じやうに足をのばしてそれから立ち上つて窓から外を見た。(両方の視線は当然そのとき出会つた。)男はふと平気で笑つてみせた。少女らはその大胆な一人にあかんべをさせた、それは彼に対する嫌忌の情の表示ではなかつた、たゞ悪ふざけの積りだつた。それ男は拒否せられた者の沈痛さを失はずに彼女らに対してあかんべをして見せた。それがせめてもだつた。少女らは自分たちの悪ふざけに反応してくれた男を喜び愉快さうに笑つてあげた。男は少しの憤懣と羞恥をはつきり感じてきつちり障子を閉めて中でひとりで怒つてみた。少女らはまた期待が外れた感じだつた。徒労に終らせるために遠慮のない声で呼びかけた――。

《でてらつしやいよう》

男は困つたことにいつかの不見識を思ひ出した。少女らは少しばかにしてゐると思つた。男は折角の機会《チャンス》が逃れてゆくのを後悔した、少女らの頭はおかつぱだからまだ摑まへることが出来るかも知れないとあてもない希望《のぞみ》を抱いた。少女らは臆病すぎる彼を生意気だと思ひ乍ら皆して引つ込んでしまつた、障子を閉めてから少し同情に似た感情が湧いて来た。男はつまらなくなつて読んでみた、それはノートに書きつけた日記風の感想めいたものだつた……。

（僕は、林間学校の先生が羨しい、彼は、あの子たちに勉強を教へる時間よりも、あの子たちと遊ぶ時間の方が多い。そして、彼はあの子におぶさつて歩いたり、あの子と五目並べをしたり。そういふことをするのが先生なら、僕だつてなれる。何故、僕は小学校の先生にならなかつたのだらう？）

（僕は――「もんしろてふ」が、どんな蝶だか知らないし、奈良へ都をお遷しになつたのがどなただか忘れたし。これでは、逆立ちしても、中学の入学試験さへうからないではないか！　僕は、やつぱし、小学校の先生にはなれない。）

（先生にはなれないなら、林間学校の生徒になつちまはうか。身体が少し大きすぎるつていはれちやふ。僕の方が先生より背が高い！）

（僕は、この頃かなしい。山は徒らに平らに聳え立つし、谷川のせゝらぎまでがくろんぼの音楽のやうにやかましい。その上、彼女の顔が、脳裡にこびりついてゐて、どうしたらよいのか分らない。）

（僕は先づどうしても彼女の名を知らねばならぬ！）

（僕は、この頃かなしい。海は徒らに平らにひろがるし、なみのざはめきまでがくろんぼの音楽のやうにやかましい。その上、彼女の顔が、脳裡にこびりついてゐた。どうしたらよいのか、分らない。）

別な男はこんなことの書いてある日記風の感想めいたものをねころんで読んでゐた、そして、毎日海で遠望するだけでは満足しきれなくなつた彼女を思つた。ヒヨコは沙爾みたいな男が毎日海で遠くから見てゐるのでやうやく気になり出した。（別な男は或ときヒヨコが、沖の方迄ゆくのを後をつけて泳いで行つたことがあつた、ヒヨコはそのとき沙爾でないことがわかつた。そしてそれ程泳げるのがたのもしかつた。別な男は彼女と近づく機会を狙つた。ヒヨコは彼に近づかれるのを恐れた。）別な男は今晩彼女の家へ行つてみようかと思つた。家はこの前昼間しらべておいた。ヒヨコは今晩あたり彼がやつて来るのではないかと不安だつた。万一彼を好くやうなことは沙爾に対して悪いと思つた。

都会では沙爾の母がむすこが退屈してはしないかとむすこの好きさうなお菓子を送らうと思つて小包を作つてゐた、縛つた麻糸を鋏を鳴らしてパチリと切つた。

4

（その晩――。）

太陽は西の山と海とに静かに数時間沈んでしまつてゐて、空はプラネタリウムのやうに沢山の星辰を明らかに模型的にちりばめてゐた。

男は晩御飯に食べた鯔の蒲焼がお腹の中で生きかへつて泳ぎはじめた錯覚を抱き乍ら白い浴衣を宵闇に惨ませてぶら〱歩いてゐた。少女らは村落《むら》の小学校の校庭《には》で打揚げ花火を楽しんだ、日が暮れて間もなく先生と出かけて行つたのだつた。男はとき〲花火の音をきいてははかないと思ひ、その度毎にかすかな苦笑を口許に浮べた。少女らは花火が砕けて星に紛れたりするのが星よりもつと美しく思はれたのだが、さうした愉快な遊びに少女らしく打ち興じた。男は少女らを思つた、少女らは打ち揚げるべき花火のもうなくなつたのに気づいた。男は引きつけられるやうにあの子のことを思ひ浮べ乍ら小学校の方へ足を向けてゐた。少女らは花火の終つた後少女らしい心やりから自分たちの散らかしたごみを星明りで拾ひとつた。男は何故か近道を歩いて行つた。（その道は危険はなかつたが大変細かつた。）少女らは掃除を終へて悪戯心から先生を先にやりすごして皆で近道をして先廻りして驚かしてあげようとした。男は覚つかなく闇の中にほの白くにじんだ、人一人やつと通れる道を辿つてゐた。少女らは先生の心配も思はず先刻からのはしやいだ気持を続け乍ら近道をそのくせ心細さうに一列に歩んでゐた（月魄がうすら明るかつた。）男は最初のカーブを（曲つた。）少女らは最初のカーブを（曲つた。）男はやがて次のカーブへ（曲りかけた。）少女らはやがて次のカーブへ（曲りかけた。）男は——少女らは、そのカーブの頂点で、出合つた。男は亢奮しかけた。少女らは本能的に何か怖ろしいものを感じた。男は黙つて立ち竦んだ。少女らは黙つて立ち竦んだ。男は幸にあせつたやうな臆病な理性をとり戻した——。

（ぼくひとりづゝうまくとほしてあげよう！）

少女らはやつとうなづけた。男は一人々々しつかり抱きあげて足を中心軸にして半廻転した、少女らはその都度男の向う側へうまく一人々々渡つた。男はめい〳〵に小声で名をたづねた。少女らはしつかり摑まり乍らめい〳〵の名を答へた。男は腕がくたびれたのでまだ少女らが限りなく大勢居るやうに思はれた。少女らは三人残つて息をひそめて順番を待つた。男はあの子が居ないのをいぶかしみ乍らやつと二人を向うへ渡した。少女らはほつとしたやうに次から次へと安堵の吐息を洩した。男は最後の一人を抱きあげようとした（月が向山の端から少し欠けた姿を現はした。）男はくら〳〵とした――それは怖れ乍らも待つてゐたあの子だつたのだ。あの子は薄闇の中で男の眼を凝視めた、男は黙つて抱きあげて廻りかけ乍ら汽車の煙を思つた。あの子は誰もがしたと同じにしつかり摑まつて来た。男は半分程廻つて腕に急に痛みを感じた――でもこゝでとまるわけにはゆかないと思つた。あの子は一層固く摑まつて男の耳に口を寄せた。（おかつぱが男の頰をくすぐつた。）男は気にとめまいとし乍ら名をいふ位にしか思はなかつた。あの子は小説の中に出てゐた言葉を思ひ起してはげしく息をするやうにいつた――。

《あたし、あなたがすきだつたの》

男はすつかりまはりきつた（避けねばならぬと思はれる）烈しいものを感じた。あの子は手を離さなかつた。女性の本能は何かを欲してゐた。男は突然顔を曲げて接吻した。あの子は少し冷い脣でおとなしくその接吻を受けた。男はやたらにかなしくなつて来た、手をふりほどいて自分の行く方の道を後も見ずに歩いて行つた、あの子は何だかわからなかつた、そして前のやうに皆の後をついて行つた、それはほんの短い時間だつた。少女らは何が起つてゐるのか知らなかつた、黙つて行つてしまふ男を見てまた何か期待にそむかれたと思つた。妙に乾いた気持が夜気の中を流れた。月がぽつかりのぼつてゐた。

ヒヨコはうちにゐても不安だつたので外へ出た。別な男は今夜こそと外へ出た。ヒヨコはどうにかしてやつて来さうな運命を避けたいと願つた。別の男は急ぎ足で歩いて少し汗をかいてゐた。ヒヨコはやつぱりうちにゐた方がよいのでと戻りかけた。別の男はもどりかけたヒヨコの姿を駈足で追ひついて前に立ちはだかつた。ヒヨコは当惑した——後じさりしておぢぎして逃げ出さうと思つた。別の男は息をきらし乍らあはれみを乞ふ眼つきをして言つた——
《お嬢さん、なまへだけをしへて……》
ヒヨコは（何故か）少し落ち着いた。
《わたし、ヒヨコ。すこしへんななですけど》
別な男はからかはれたんだと思つた。
《ぼく、ひさまつてんです。ぼくもへんななだけども。》
ヒヨコはひさまつてどう書くのかと思つた、それから不安で耐らなかつたので黙つてゐた。比佐馬は仕方がないときの顔つきをして見せた。（月がふたりのかげを砂に映してゐた。人はふたりを恋人同志だと思つただらう。）ヒヨコはおぢぎをして逃げ出してしまつた。比佐馬はすこしの幸福とどつさりの寂莫を感じた。

×

男は女の子たちの事を寝床の中でおさらひした……。

サナコ――背が高い
ミカコ――重たい子！
サチコ――何かあのとき笑つたかしら？
トキコ――かたい掌の男の子みたいな
ミサキ――眼がまるすぎる、小鳥みたいに
ツシコ――鼻のとこだけヒヨコに似てたつけ
アキコ――僕をこはがつてみつめた
ルネコ――ずゐ分軽い！
マリコ――顔つて割に白い色だ。この子も
　　ｅｔｃ・

そしてあの子のことだけがぬけてるのをかなしがつた。そのくせあの接吻の後味が考へをちつともまとまらせないのだつた――(そして)、またヒヨコに一番わるいことをしたものだと後悔した。
(そののち男はあの子がシマコといふのを知つた)

少女らは何だかちよつぴり大人になつたやうな気がした。シマコはかへりにわざと転んで傷をこしらへた。先生はころんだ事故のために遅かつたのかなと思つた。少女らは何も告げなかつた。シマコは傷を大げさに痛さうにした。先生はいたづらはやめるやうに皆に警告した。少女らは寝床に就いてから自分たちの名だけ告げて男の名をつひに知らずに来てしまつたことを変に思つた、すこしねつかれなかつた。シマコは今晩の出来事を大人の小説で読んだときのやうに自分が幸福だつたのだと思つた、すこしねつかれなかつた。先生は今夜どんなことがおこつたのか内心たいへんに心配だつた。

(そののち少女らは男が沙爾といふのを知つた)

(私、沙爾にわるいことばかりして……。でも、もとはお父様がわるいんだわ——私に、あの人と一緒にあそんぢやいけないんだつておつしやつたんですもの。だけど、ほんとはわるいのね。沙爾！ ごめんなさい。でも、あの比佐馬つて人、だけど、すこうしあなたに似てるのよ、だから、あなただと思つててもい丶でせう。沙爾！ おねがひなの。あの比佐馬つて人……。)

ヒヨコはそんなことばかり考へつゞけてゐた、何だか泣けて来さうな晩だつた。比佐馬はすべてがうまくゆきさうなのを微笑んで彼女が逃げたのは少女が恒に持つてゐる「羞恥」であり先刻あれ程感じた寂寞は「別れ」がいつも持つてゐるものだと思つた、キユーピットがどこかで彼に（またよい恋愛を授けてやつた！）とさゝやいてゐるやうな晩だつた。

月は南天低く水瓶座のあたりを彷徨《さまよ》ひ乍らにんげんたちのすべてのアヴアンテユールに黄色い光を投げかけてゐた。とりわけ子供たちの可愛い恋愛は月にとつてはさみしかつたか知れない、月は静かに溜息をさへ洩してゐるのだつた。

5

沙爾は一人あたり平均三十五、六キログラムの少女たちを十五人もあの方法で運搬したのが腕の力のそれ程強くない彼にとつては可成りな労働であつたので（その朝は）手がだるかつた。シマコはわざとこしらへた傷がづき〳〵と痛んだので膿みはしないかと心配した。少女らは各々ふだんより少しづゝ寝坊した。先生は何か警戒しなければならないことに気づいて寝たまゝその対策に思案を凝らしたが結局解決がつかなかつた。

ヒヨコは今日は泳ぎに行くまいと寝床の中でもぢ〳〵してゐた。比佐馬は今日はヒヨコと親しくなつてしまへると思ひ早く顔を洗つて体操をしてみた。

×

沙爾はいつものやうにパステル箱を脇に抱へてふらりと出かけた、パステル箱は重かつた。シマコは皆に混つて元気さうだつたが頭の心棒のところに変なものが廻つてるやうな気がした。沙爾はどこかで絵を描かうと思ひ乍らいつか昨夜の道へ出てしまつたことを後悔した。シマコは前額部に手をあててみると少し熱かつた。沙爾は遠景の山にぼんやり眼を向け乍ら路傍の草叢に腰をおろした。シマコは先生にさういつてひとりだけで二階へあがつてやすんだ。少女らは分数の四則に余念なかつた。沙爾はアイスクリームが食べたくなつたが山の中のことと諦めて遠い山を描きはじめてゐた。シマコはひとりでねてゐるのがさみしかつた。先生は来て見た——容態は思つたよりよくないらしかつた。沙爾は空を描いてゐた、青い海のやうな空だつた。シマコは窓から空をちよつぴり見た、丁度白い綿雲がそこを流れて行つた。先生はシマコの家へ電報をうたせた。

（シマコサンヤマヒコラレタシ　　ヤマ）

沙爾は流れて来た白い綿雲を空に描き加へた。シマコは昨夜の脣の触覚を思ひ出して悲しくなつて手をさしのべた。——言つた……。

《お母さん》

先生はシマコの額に濡れ手拭をのせた。沙爾は描き休めて昨夜の場所ぢやないかと思つた。シマコの顔が目の前で微笑んだやうだつた、シマコはそのうちうと〳〵しはじめた。先生は安心したやうに汗を拭つた。沙爾はぢれつたくなつて描いてはゐられなくなつた。シマコはかすかな寝息を洩しはじめた。先生はシマコの母が早く来てくれゝばよいと思つた。沙爾はねころんだ草が眼の前にひら〳〵動いて風に光つた。

（ヒヨコ、どうしてるかしら？　今頃。海かしら？　でもあの人は泳ぎがうまかつたからいゝなあ、おや僕、どうかしてるぜ。――あんな子！　シマコがゐるんだつけ、シマコが、僕のいゝ人になつてくれちやふんだつけ、それでいゝんだ。ヒヨコなんか……。）

とんぼが沙爾の耳許へ来てとまつてそれからすうと立ち去つた。（沙爾を草と間ちがへたのかも知れない。）谷の方で鳥が慌しく「キヤ・キユ・キヨ」の発音練習をはじめた。草叢の中に咲いたやまおだまきの花が、風に揺れた。

ヒヨコは海水着と海水帽をとり出した。比佐馬は砂原にお腹をおしつけていつものとほりヒヨコが来るのを待つてゐた――砂が、白く熱かつた。ヒヨコは間もなく海水着姿で海辺に立つてゐた。ピチ〳〵した小麦色の肉が眩しい日にむつちりと輝いた。比佐馬は海の方へ目をやつてゐた――向うの方に白いが幾つか漂つて居た。ヒヨコは波打際に立つて波が平らにならして行つた砂を見た。比佐馬はぼんやりうつむいてゐる赤い海水帽を見つけて立ち上つて近づいた。ヒヨコは波が何度もよせて来るのを見てても心が晴れやかになつて来なかつた。比佐馬は黙つてヒヨコの傍にぢつと立つた。ヒヨコはも一人のかげを見つけて目をあげた。比佐馬はちよつと微笑んでみせた、ヒヨコは（沙爾にすまない）と思ひ乍らたよりきつたやうな瞳を向けた。比佐馬は急にまじめな顔をして（今晩会はう）と突然いつた。ヒヨコはたゞだまつてうなづいた。

今晩七時――あの松山で。

ヒヨコはもう逃れられなかつた、あきらめきつた気になつた。比佐馬はヒヨコの傍を離れて波の中へぱちやぱちやと入つて行つた、うまくいつたと思つた。ヒヨコは自分のかげを見つめ乍ら歩いてゐた――砂山の方へ、沙爾の鋭い凝視と飛びあがつて行くゴム風船を感じ乍ら。比佐馬は波にもまれて泳ぎ乍ら向うを泳いでる一人の少女を見た――（ヒヨコより美しいかも知れない！）

×

都会ではシマコの家へ電報が届いた、その時はシマコの母が山へ久し振りでシマコに会ひに出かけた後だつた。

沙爾はシマコが少女らの中に見えないから無性にぢれつたかつたので今まで描きたまつた絵を皆陳列してみた。シマコはお母さんの来るのをおとなしく待つてゐた。シマコの母は何も知らずに途中の風景を愛で乍ら山を登つてゐた。沙爾はその中何か変つたことがおこつたらしいのをおそれはじめた。シマコは昨夜のことが一体何だつたのかわからなくなりかなしみに似た今の気持をどうすればよいのか迷つた。先生は昨夜の傷がどうして出来たか知らねばならないとふと思つた。シマコの母は宿の玄関に着いた。沙爾は二階の窓から垣間見し乍ら不幸の予覚めいた感じが頭の中をかげらして居るのをおそれた。シマコは母の来たのをうれしがつた。先生は電報を見たかと尋ねそれから病の経過を口早に語つた。シマコの母は説明を聞き乍ら「虫の知らせ」といふ言葉に思ひあたつた。沙爾は起つてゐる事件をはつきりと了解することが出来なかつた。シマコは母を一ぱい涙のたまつた目で見つめた。先生はシマコを母に任せて少女らの方へ行つた。シマコの母はシマコの頭を静かに撫でた——髪が少し濡れてゐた。沙爾は胸のあたりに何かつまつてるやうな気がして晩の御飯を碌に嚙みもせずに呑みこんだ。シマコは母に何も言つてはいけないと思つた。沙爾は御飯を食べをへるとすぐ蒲団を敷いてその中にもぐりこんだ。シマコは蒲団の中から手をのべて母の手にさはつた。沙爾は寝床の中で目に一ぱい涙のたまつてゆくのを感じ乍ら（この涙がシマコのためだつたらばからしい、相手はまだほんの子供ぢやないか。）と自分を叱つてみた。シマコは目を瞑つてしまつた、母に涙を見られるのがきまりが悪かつた。その涙は何のためだか知らないで、先生は少女らと散歩に出た。少女らは今度も一度花火をあげようと語り合つた。空は昨夜のまゝだつた。流れ星が一つ尾を引いた。誰も知らなかつた。

ヒヨコは「あひゞき」といふ言葉を思ひ浮べ乍ら約束の砂山の方へ歩いてゐた。比佐馬は来ないのかしらと不安に思ひ乍ら遠くの燈台の灯を見た。ヒヨコは背を見せて立つてる黒い男を見つけた。比佐馬は時計――九時二十分過ぎ――を見た、あたりを見て、そして女の姿を見た。ヒヨコは恥かしさうに近よつた。比佐馬は「すべてよし」と思つた。ヒヨコは男と肩を並べて歩いた。呼吸《いき》がはずんだ。比佐馬は女のすなほな肩の線へ一寸視線を投げた。ヒヨコは沙爾のぼおつとした思ひ出が頭の隅で凝視してゐるやうな気がした。比佐馬はヒヨコの手をとつた――少女らしい成熟しかけたやはらかい掌だつた。ヒヨコはふと怖れた、そしてその恐怖がだん〳〵幸福に似た感じに変つて行つた。比佐馬はヒヨコの瞳を視つめつゞけた……。

いつの間にか暗くなつた、こゝの空でも星が流れた――そして誰もそれに気づかなかつた。

6

少女らは二階で蓄音機をかけてゐた――活発な「双頭の鷲の下に」沙爾はあれ以来少女たちともつと近づきになれたと思つてただけに諦めきれなかつた。少女らはレコードをとりかへた――「砂山」。沙爾はどうしても今日の事件が悲しくて仕方なかつた（僕が声をかけたのに。シマコは……。）（すゞめなけ〳〵むかうはさどよ。）（やつぱり女なんだ。ちがふ？　まだ子供なんだ……。）（くれやぐみは〔7〕ら……。）（僕はあんな子供に、恋してるのかしら――たゞシマコのことがきいてみたかつた、シマコともちよつぴり話がしたかつた、それだけなのに、いつもそれがうまくゆかないんだ！　今日だつて……。）（みんなさよならあした）沙爾はそれが皆のこつてゐる自分の臆病さとぎごちなさのためだと思はなかつた。少女らはまたちがつたレコードをかけはじめて。沙爾は自分を警戒してゐるらしいそしてその考へを少女たちに注ぎ込んだらしい先生を憤つてみた。少女らはレコードに声を合はせうたつた――（チヤ〳〵ポツポチヤ〳〵ポツポお菓子の汽車が……）沙爾は（だん〳〵）眼にたまつて来る泪を感じ乍ら自分でも小さな声でそのうたをうたつてみた。少女らは何かのはずみでちよつと笑ひをはぢかせてそれからまたうたひつゞけた――（むかうにみえるとんねるはぱつくりあいた〔いぬのくち〕）沙爾はどうしようもない気持を紛らすために笑つてみようと努力した。（それはたゞ空しく顔を歪ませただけだつた。）夕方の靄が青い煙のやうな目にしみる（なつかしい）にほひを部屋の中に忍びこませて来た。

ヒヨコは夕陽が黙つて海に沈んで行く風景画を見てゐた。比佐馬は恋人と居る幸福に感動したのできれいなテノールであたりの空気を震はせてうたつた。ヒヨコは静かに聞き惚れた。

——一緒にうたはない？

——えゝ、でも………

——かまはないぢやないの、きみ。

ヒヨコの声は遠慮がちなそして少し感傷的なソプラノだつた。比佐馬はそれをすいた。ふたりはとり合つた手に幸福をしつかり摑んだまゝうたひつゞけた。もう陽の沈みきつた海は人間たち（殊にロマンチックな子供たち）が彼等の感情を打ち明けるやうに夢みがちなうたを幾世紀も前から自分に向つて何人となく同じやうにうたひかけたのでこうした二人の幸福な曲に対しても無感動にたゞ静かな波を打ち寄せてゐるだけだつた。

シマコの母はさみしい目をするむすめを心配しそしてシマコが笑ふやうになるにつれてそれが病気のせゐだつたと思つた。——（そして山を下つた。）

○

（或新聞記事の大要）——「避暑地にはどこに限らず不良少年が必ず数人（乃至数十人）居り、彼等は周囲の迷惑をも顧慮せず誇らかに各自自分の夏の仕事を遂行するのである。そして彼等の仕事といふものは大体が善良な少年少女に対しても充分に魅惑的なものであるために善良な少年少女たちまでもやがてそれを模倣し且自ら行ふやうになるものである。だから各自の御家庭に於てはさうした種類の仕事をお宅の子女にさせないやうに警戒されたい！　さもないときは来るべき新学期に於て彼等、愛すべき子女たちは自分自身を怖るべき不良少年少女として見出さねばならない羽目に落ちいるであらう。」

沙爾は自分のしてることが、或はこゝに示されてゐる仕事なのであらうかと怖れた後でヒヨコが事によつたらどこかでよくない人たちに何かしかけられて困つてはゐないかと思つて少し心配のやうでもありまた小気味のよいやうでもあつた。ヒヨコは比佐馬は決して悪い人ぢやないと思ふもののもしや矢張りかうした「不良」の仲間ではなからうかと疑ひ、それからすぐそれを強く否定してみた。大人たちは皆これは困つたといふやうな顔でその新聞記事を読みそして自分のむすこやむすめはまづそんなことはあるまいと安心するのだつた。

7

沙爾は絵も描きに出ず、ねそべつて『都会の憂鬱』を読んでゐた。少女らは（シマコも）国語読本巻十一からむづかしい漢字を拾ひ出して書取をした。沙爾は読んでゐる小説が自分の気持を歪めてしまひさうなのを怖れ乍ら活字を眼で追つてゐた。少女らは学習時間が終つた。シマコは便所へ行く途中廊下から沙爾のゐる隣家《となり》の二階の方を背伸びして見た。沙爾はおしつけられた（と自分でさう思ふ）たよりない気持にそれを読みすゝめるのをやめて眼の焦点をずらして網膜にぼやけて映る活字の目を引受け構成派風な感情を楽しんでみた。少女らは縄飛びをはじめた。シマコはジャンケンでまけたので他の一人の少女と縄を廻す役で他の少女が足をひつかけるのを待つた。沙爾は少女たちが何かはじめたのに気がついて仰向きのまゝ眼を四角な青空の見える窓の方に向けた。（そのときシマコのばさりとしたおかつぱを思ひ出した。）少女らは一人宛上手に飛び漸次《だん〳〵》この単調な遊戯に倦怠を覚えた。シマコはやがてこの（つまらない）役目から開放されて皆に混つて晴れやかに何度も〳〵飛んだ。沙爾はヒヨコたちといつか夏の晩お線香花火をした――ことを思ひ出した――ヒヨコの坐り崩した脛のところにあつた小さい傷痕が青白い電気花火の光にパツと照されて眼に映つたつけ。少女らは少しいやさうだつたけれど、縄飛びにも飽きて目新しいものを求めてゐたから先生の提案に従つて「かるた」をとることにした。シマコは縄も張つてない空間で一度女の子とびをやつて皆の後を二階の部屋について入つて行つた。沙爾はヒヨコの薄い夏の服を通してお椀を伏せたやうに盛り上つてゐたお乳をそれから思ひ出した。少女らは源平に別れて机を並べて先生の読むのを待つた。シマコはこんなお天気なのに家の中で「かるた」をとるなんていやなことだと思つたがそのうちに（何に限らず試合前のよくある緊張した気分の故だらうが）勝つてみたいといふ気持になつた。沙爾はヒヨコの身体のいろ〳〵な部分の思ひ出とそれに伴つたぼんやりした悲しみをふと隣家で何か読みはじめた声の耳なれた調子に断ち切られてしまつた。……きり〴〵すなくやしもよのさむしろ……少女らはその歌の意味など考へる暇もなく慌しく目を札の上にあちこちさせた。……あまつかぜくものかよひぢ……シマコはちつともとれさうもないので余計こんな遊びはいやだつた……すみのえのきしによるなみよるさへや……沙爾はそれが「かるた」をとつてゐるのだとわかるとあの晩しつかり摑つて来たシマコの指先を思ひ出した。……やまかぜをあらしといふらん……少女らはなか〳〵見つからなかつたのか一層慌しく目を札の上に走らせた。シマコはやつと自分の近くに見つけてほつと手をつけた。……せをはやみいはに……沙爾はとぎれがちに耳に入る歌の意味《わけ》を考へてはちよつとさびしげに笑つてみた。……あはぢしま……少女らは後何枚もない札の上に読み声につれて熱中した視線をからませあつた。……これやこのゆくもかへるも……シマコは友だちが子供の癖に何故こんなに上手なのか不満に思ひ乍ら皆の指のあたりを目で追つた。わがいほは……おもひわび……うきにたへぬは涙……あひみてののちの……沙爾は耳に入つたそれにつゞいて——《あひみての後のこゝろにくらぶればむかしはものを思はざりけり》呟いてみて耐えられない寂寥じみた感傷にまた読みさしの小説に空虚な目を投げた。……ひさかたのひかりのどけき……少女らはその一枚が赤組の手にとられるのを見るとはじめてほつと顔を見合せて笑つた。シマコは自分の方が勝つたので機嫌を持ちなほして一枚の読み札を大声で（一度つか乍ら意味なんてちつとも考へずに）読んだ。

――あひみてののちのこゝろにくらぶればむかしはものをおもはざりけり

8

ヒヨコは庭の隅に生えたほうせんくわ（鳳仙花）を見た――（比佐馬はどうしてゐるだらう？）比佐馬は背中にぢり〳〵する太陽光線を感じ乍ら砂浜の向方から点のやうに近づいて来る少女の姿を見護つた。ヒヨコはかすかな溜息を洩した。比佐馬はそれがいつか見かけた少女だと気がつくと一足その方へ踏み出した。ヒヨコは縁側に腰をかけて青い空を仰いだ。比佐馬は何か待ち受けるときの楽しいたよりないやうな気持になつて足もとの砂をとん〳〵と二三度蹴つた。ヒヨコは目をずらして屋根で日かげになつてゐる庭の一隅に鉢植のしやぼてんを見た。（その様子は加藤まさをの好んで画く抒情的なものだつた。）比佐馬はその少女に近づいた――その目はあるかなしの「おそれ」と好奇心で彼を迎へてゐる。ヒヨコは比佐馬のがつちりとたくましい身体ととき〴〵するぢれてゐるやうな眼つきを思つた。比佐馬はヒヨコにしたときと同じやうに声をかけた。ヒヨコは沙爾のあの別れ際の何かさゝやいてゐた瞳を思ひ浮べた――（でも比佐馬はどこか沙爾にほんとに似てゐる！）――併しこれはヒヨコの偽つた感じ方だつた。比佐馬はその少女と海にぱちや〳〵入つて行つた。ヒヨコは急に比佐馬に会ひたくなつた。比佐馬はその少女の海水帽が泳ぐにつれて立つ飛沫や波にもまれてゐるやうなのを愛で乍ら雁行した。ヒヨコは昨日も会つた比佐馬の厚い胸とそしてそのごつい掌を思ふとぢつとしてられなくなつた。比佐馬はその少女に泳ぎついて足を（腿のあたりを）強く摑へた。ヒヨコは泳ぐ支度をしてゆかうかどうせうか迷ひ乍ら海水帽を手にした（生あたゝかいやうに冷たい赤ゴムのそれを頰におしつけてみた）比佐馬は波と飛沫の中でその少女ともつれ合ひ彼女の立てる喜びの軽い叫び声を楽しく聞いた。ヒヨコは結局このまゝで行かうと決心した、比佐馬はこんなに早く隔意なく戯れてくれたこの女を思ふとヒヨコを憎まずにはゐられなかつた。ヒヨコは微笑みかける比佐馬のチヨコレート色の皮膚を期待し乍ら白い路を海岸の方へ歩いてゐた。比佐馬はその女の白い蹠《あしうら》がふと自分の頰に可成り強く触れたのを喜んだ。ヒヨコはくわつと明るい砂浜に比佐馬の姿を索《もと》めた、比佐馬は泳ぎつかれて二人で砂浜に身を横へてゐたが自分を探してゐるらしいヒヨコを見つけると周章てて立ち上つて行つた。（その少女は黙つてその行方を見送つた。）ヒヨコは居なかつたのかしらと諦めてがつかりしたやうに引きかへしかけてゐた。比佐馬は海へ一散にかけこんだけどまた思ひかへしたやうに戻つて来てヒヨコを追つた。ヒヨコは何か来る気配にふりかへると比佐馬を見た。比佐馬は何だかうそをいはねばならないと直覚した。ヒヨコは泪ぐましい気持になるのを耐へ乍らうれしさに満ちた目を比佐馬に向けた——まだ海水が滴つてゐる。

《ぼくおよいでたんだけど、きみをみかけたんで、やつてきたのさ。もすこし、およいでたいから、またばんにでもあはない？　いや？》

ヒヨコは物足りないと思つたが比佐馬の意志をすなほに尊重して黙つてうなづいた。比佐馬は従順すぎるこの態度を憎みかけたがその少女がこんなとこを見つけたらと心配になつたので気軽さうに別れのアクションをしてくるりとふりむいて歩き出した。ヒヨコは妙に気軽な比佐馬の動作に引きずられてとりかへしのつかないやうな気にされ乍らもすなほに今来たばかりの白い路をひつかへした——黒い子犬がやつて来る——（どうして無理にでも、もつと私はお話しなかつたのかしら。）比佐馬は気づいたらしいその少女の非難と軽侮をこめた（と感じられる）眼に遭ふとヒヨコが無口に従順にそのくせ何か見えない壁を築かうとしてゐたのを思ひ出して一層つまらなくなり、弁解するやうにいつた。

《あんな子、ほんとは、ぼく、きらひなのに。ぼく、きみの方がよつぽどすきなんだ……》

夏休みがだん〳〵終りに近づいて行く。

沙爾は、数枚の絵とかなしみと少しの健康とを

シマコは、ちよつぴりませた感傷と他は皆と同じものを
少女らは、入学試験に受かりさうな学力と健康とを
先生は、報酬（林間学校の月謝）と何かしらとを
ヒヨコは、新しい恋愛と栗色の皮膚とを
比佐馬は、幾多の恋愛の快感を――
この夏休みの収穫として、それ〴〵それらをゑはがきややうかんの類の外のお土産として、やがて、山から海から都会へ帰らねばならなくなつた。

9

先生はもうお別れだから何かすきなことをしようと少女たちに相談した。少女らはいつかの晩の出来事を思ひ出した。シマコはあのときの記憶がはつきり蘇つた。沙爾は一寸シヤボンくさい洋服を久しぶりで着た、窮屈だつたのが何となく喜ばしいものを感じさせた。先生は少女たちにも一度あの山へのぼるかと何時かいろいろな植物を摘んだ山の頂を指さした。少女らは一斉に反対した。シマコは沙爾にお別れしようといつた。沙爾はもう身支度をして外に出て居た。先生は困つたが帰らうとして居る沙爾を見たときしみ〴〵旅の終りの感傷を感じた、そして言つた――
≪いゝ、先生も一緒に送つてあげよう。≫

少女らは勿論一も二もなく賛成した。シマコははしやいだ、子供に似つかはしくないうつろな喜びなのを感じることは出来なかつた。沙爾は山道を降りはじめた。先生は声をあげてよびとめた。少女らは叫んだ。シマコは叫んだ。——

《さよなら！　さよなら！》

沙爾は叫んだ（声がかすれた。）

《さよなら！》

先生はわけも分らず黙つてハンカチをふつた。少女らはそれにならつて叫び乍らハンカチをふつた。シマコはハンカチをふり乍らいつか悲しくなつて泣き出してゐた。変な亢奮が山道一ぱいにひろがつて彼らのこの山に滞在した期間のお別れにふさはしい幸福なかなしみなのだ。沙爾は後向きになつて歩いた、いつまでもいつまでもシマコを見るために。目がかすんで、何もかも、ぼやけた、頬つぺたに熱い冷たいものが幾つも流れた。少女らは今度こそ期待を外されなかつたと感じた。彼を警戒したことを耐らなく後悔した。先生は（これでいゝんだ！）と思つた。シマコはもう何も見えなかつた、かすんだ景色の中に沙爾がこつちを向いてだん〳〵小さくなつてゆくのがわかるだけだつた。たゞ黙つて白いハンカチをふつた。沙爾はシマコの顔が浮き出して笑つてくれてるやうな気がした、その実けしきなんてぼやけて何も見えないのだ。立ち止つてどなつた——

《さようなら！　シマコちやあん！》

シマコはハンカチをふつた。沙爾は背中を向けた。道はそこで曲つた――（太陽はずん〳〵上つて行つた）

〔少女ら（シマコも）は先生とその午後山を下つた。〕

ヒヨコは比佐馬が停車場に姿を見せるのを待つた。比佐馬はその少女と貝を拾つてゐた。ヒヨコは裏切られたのかとおそれた。いろ〳〵な思ひ出の走馬燈がきり〳〵と廻つた――夏の海砂……。比佐馬はすばらしい貝を幾つも掘り出して別の少女に見せた、それはすき通るやうに美しい肌の貝だつた。ヒヨコはいつだか比佐馬と一緒に拾つた貝を砂の中に埋めておいたことを思ひ出した。比佐馬はその女の表情に浮んだ感謝を喜び乍らそこの砂に腰を下ろした。ヒヨコはお祖母さんに忙かされてプラットフオームへ出た。汽車の来るまで、後、十分だつた。比佐馬はその少女に誘はれて鉄道線路の方へ近づいた。

（どうして、もとのやうに――して下さらないの？　私、あしたは、いやでも帰らねばなりません、で、お別れにだけはぜひいらつしやつて、×時×分の汽車です。おねがひです。）

ヒヨコは昨夜やつとのことで比佐馬に渡した手紙をどうなつたのかと疑つた――居

ても立つてもゐられなかつた。比佐馬は誘はれるまゝに田舎の児童のよくするやうに突進して来る汽車を眺めようといふのだつた。ヒヨコはとう〳〵比佐馬の来ないのを見届けて、せかされ、せかされ汽車に乗つた。（汽車はすぐ出た。）比佐馬はその少女と砂丘の上に並んで坐つた。ヒヨコはせめて海の見える側へと座席をとつて窓外を眺めてゐた。――（思ひ出深い景色が走つて行つちやふ。）比佐馬はやつて来る汽車を眺めてゐた。――機関車、C, 50……十二台連結。ヒヨコは（そのとき）わるいものを見てしまつた。比佐馬は何も気がつかなかつた。ヒヨコはトイレットに隠れてひとりで泣いた。比佐馬は別の少女のはなしを可笑しがつて声を合せて笑つた。ヒヨコは沙爾が急にほんとに恋しくなつた。比佐馬は午後からまた一緒に泳ぐ約束のげんまんをしてその少女と別れた、（太陽は可成り高くのぼつてゐた。）

10

汽車が――H駅に着いた。

沙爾はすぐのりこんで先づ車窓からシマコのまだ居るH――山を見た。ヒヨコは今まで沙爾がゐたと知らずにH――山を見てゐた、（あんな海に行くより、この山へのぼればよかつた。）沙爾はヒヨコは、雲のやうな記憶を感じた。

汽車が――H駅を出た。

沙爾は空席を物色した。ヒヨコは窓外を見つゞけてゐた——どん〳〵遠ざかつて行くH——、山の姿。沙爾は一つの空席を見つけた、前におさげの子がゐるので変だつたけどそこに坐つた。ヒヨコは窓外《そと》の景色がいやになつた。沙爾はその子が何だかシマコに、それよりもつとヒヨコによく似てゐると思つた。ヒヨコはふりむいた——沙爾を見た。沙爾はほんとにそれがヒヨコなのを知つた。（ふたりとも声が出なかつた。それでよかつた。）ヒヨコは機会《をり》を見て別れたこともそれから比佐馬のことも何もかもあやまらうと思つた。沙爾はシマコのおかつぱと白いハンカチのふり方を思ふとヒヨコに対してどんな態度をとるべきか迷つた。ヒヨコは何でも心からあやまりさへすればすべての罪は皆消えると信じたので自分の為にこれ程好都合に展開してくれた運命に感謝した。沙爾は運命といふものがおそろしくなつた。丁度よくヒヨコのお祖母さんは眠つてゐるが、起きてゐたらこの偶然までが計企的の誘惑のための芝居と思はれるか知れないと思ふとこのまゝでゐる苦痛に耐へられなかつた。ヒヨコは立ちあがりかけた、併し彼女にもこんなとき人目をはゞかる智慧がいつの間にかついてしまつた。沙爾はふら〳〵と立ちあがつた。ヒヨコははじめて沙爾の薄陽に焦げた顔を（希望《はこ》を以て）強く注視した。沙爾は出口のとこで一つぺこんとおぢぎをしてこの車室から出て行つた。ヒヨコはわけもなくおぢぎをしかへして急にがつかりした（何だか分らなくなつてしまつた）。

沙爾は昼間つけ放しになつてゐた電燈の消えたときみたいな感じを感じた。ヒヨコは夜更自動車のテールの赤い灯の闇に吸ひこまれて行くときみたいな感じを感じた。太陽は長いレールの果てから果てまで何も知らぬやうに一樣に照りつけてゐた。

かろやかな翼ある風の歌

地上の序詞

いつか私は書かうと思つてゐた、出来事の多い物語を。それもなるべくは美しい色どりばかりで、恵みあるあかりの下に読みかへされるならば、意味ふかくあらゆる官能に浄らかな歓喜が湧きおこる。……私は自分をそれの作者になぞらへて、いつもうつとりと、谷々の花の上に身を横たへて思ひ描いてゐた。空の青はいつも明るく黒ずんで、やはらかいしかし形のはつきりとした雲が流れてゐた。せせらぎは絶えることなしに大きなフーグをうたひ繰りかへしてゐた。私はひとりであつたけれど、ときをり足音が近づいてまた遠くに立ち去つた。人里は灰色の靄のなかに隠れてしまつた。私の甘たるい饒舌は誰にも受け取られることなしにいつもいつも消えてゐた。或る夏の朝のことであつた。私のまはりに小鳥の歌がひびき百合の花のにほひが罩《こ》め、私は単調な足音にまざつて甲高いそしてやさしい歌の声を聞いた。私が眼を見ひらいたときに、霧のなかに一人の少女がぢつと私を瞶《みつ》めてゐた。それは憩ひであつた、私がすでに持つてゐたのは、そして少女があこがれて巡礼して来たのは。朝日はまだ霧を散らしてゐなかつた。私たちはおなじことを考へてゐた。私は、いつの間にか自分がその作者となつてゐた物語を、その少女の耳にささやいた。私の声は杳《はる》かな木霊のやうになり、声は私の身体とかかはりのないやうに静かにかろやかに響いた。永久にこの時がつづけばと、ふたりはその物語に触れてゐた、おづおづと、それに触れたために私たちの胸に刻まれる傷のまへにたゆたひながら。この時が永久につづけばと。しかしすべては一瞬にかはつた、私の声は陰気につめたくなり少女の胸に絆がしめつけた。私たちの別れがすでに用意されてゐた。霧は雨にかはり梢の葉はこまかく顫へながら濡れて行くのを、乾かうとする心で私たちは見まもつた。私の声は途切れた。もはや憩ひは失はれ、憧憬と悲哀が、私たちの予覚をみたした。少女はふたたび足音をひびかせて、他の人びとのやうに立ち去つた。私の肩にも身体にも顔にもかうばしく爽やかに雨の雫が降りそそいだ。私は語ることによつて失つた物語をふたたび組み立てようとした――それは醜く汚れてしまつた糸で織られた布のやうに、私の心情のなかにみじめにみすぼらしく出来上つた。私は今や嘗て夢みてなぞらへた作者である、私はさうして永久のあちらに失はれた物語自らと誰ともおなじ足音を私の耳にのこして行つた少女のために、この物語と歌とを書き取つた。しかしみな失はれてゐる、残つたものは私の心にいらないものばかりだ。

I

——このところ語る

或る青年は、風になりたいとつね日ごろ希つてゐた。そこで彼は風になつた。それは、このやうな仕方であつた。……

彼はたつたひとりで野原を歩いてゐた、うつくしく晴れた日のことである。そこにはたくさんの野の草花が花咲いて、風の吹いて行く迹が、花びらと草の葉のそよぎとなつて眼に見えてゐる。青年は、おれはどうしても風になりたいと口に出して言つた。おれはどうしても風になりたい、金色の西風よ、瑠璃色の南風よ、銀白色の北風よ、あなたたちよ、風にして下さい。

すると今まで野いばらのかはいらしい花の茂みにためらつてゐた風が引きかへして来て青年の身体をすつかり包んでしまつた。彼のやはらかい心持はこころよくなり、酔つたやうになつた。日が甘い乳と蜜のやうににほひはじめ、小鳥の歌が、今までにきいたことのなかつたしらべをうたひはじめた。そして青年は見た、彼の前に立つてゐるうすべに色のかろい衣を身につけた少女を。その少女の声は優しくただうたふためにだけ用意されてゐた。

もしもあなたが風になりたいならば
わたくしの唇にあなたの唇を触れなさい
あなたの息をわたくしの息と結びなさい
わたくしは風の天使です
あなたも風になるでせう
もしもあなたが風になりたいならば

青年は言はれたとほりにその唇を少女の唇にさしあてた、羽虫の翅が花びらに触れるやうに、出来るだけしづかにと注意をこめて。それは暖く甘かつた。ああなたの唇はなぜこのやうにしめつてゐるのですか、やはらかい唇よ、やはらかい掌よ、瞳よ、ああ、あなたよ。彼の胸から溢れながら湧いて来る息がかの女の吐息ともつれからみあつた。それは甘く暖かつた。

青年の身体は足の指の方から次第にうすく消えて行つた。虹が一色づつ消えて行くやうに。さうしてつひに青年はうすい水色の衣とかろやかな翼をつけて、風となつてゐた。

Ⅱ

――このところ歌ふ

青年は飛んでゐた。ながれるやうに。梢のあひだを空たかく。そのとき村も野原もちひさく見える。青年の触れるところでは、梢の葉も叢の花たちもみんな答へた。そよぎとささやきが青年の心のなかにふくらんだ。人間はゐなかつた。うつくしいものだけが、をりをり青年の道をさへぎつた。青年のかろい翼は小鳥の歌をのせて走つた。日に光つた。日の光が心のなかにかがやいた。水の瀬がほそく悔恨よりもかがやいた、埃を立てて真白い道がかがやいた。青年の身体は今はもう何かただ輪廓ばかりであつた。その輪廓のなかをかなしいまでに冴え冴えとしたうすい水色が染めてゐた。きらきらと、青年は飛んでゐた。空高く、空高く。鳩や禿鷹を追ひこして、ゆるやかな雲の歩みを追ひこして、痛いあこがれに身をふくらませて。かぎりなく澄んだ青い空をよぎつて。

おれは何と
うつくしく　うれしく　愁ひにみちてゐることよ

そしておれのすぎて来た道は何と
うつくしく　うれしく　愁ひにみちてゐることよ
おれの触れた　野鳩よ　百合よ　ながれよ

しかし、故も知らないさびしさとひとりぼつちの心細さが、あたりが次第に大きくひろくなるにつれ、青年の心にみちて来た。青年の頰には幾すぢもつめたい涙がながれてゐた。青年の心ははげしく渇いて友を呼んだ。

ノヴアリスも風となれ
ヘルデルリーンも風となれ
萩原朔太郎も風となれ

そこでノヴアリスもヘルデルリーンも萩原朔太郎も風となつた。青年の歩みにあはせて萎れた幾たりもの風が一しよに吹いた。それから、神保光太郎も、沢西健も杉浦明平もクラプントも、檜山繁樹も猪野謙二もみんな美しい風になつてゐた。しかしそこには野いばらのしげみで彼にうたひかけたやさしい風の天使の姿は見えなかつた。それればかりかそこにはひとりの少女の風の姿も見えなかつた。けれども何といふ友情のなごやかさよ！　その恵まれた友情にやはらかに包まれながら、みんなの吹き鳴らすフアゴットやホルンやオーボエの音楽に取りかこまれながら、高く高く翔りながら、それはまた何といふかなしさだつたらう！　道づれに少女が欲しい。ともすればいらだたうとする歩みをやはらかくほほゑみにかへてくれる少女が欲しい。慰めにみちた風の天使のうたが欲しい！

青年の頰には涙があたらしく幾すぢもながれてゐた。見れば、彼といつしよに大空を翔つて行く友だちたちの頰にもきらきらとその涙のすぢが光つてゐた。そして浄らかな明るい歌声がみんなの胸から苦しいまでに歓ばしげに迸《ほとばし》つてゐた。

この風の群の吹きすぎて行くあとには、花がひらいた。あたかも彼たちの音楽のひとつびとつの音色と調和とが花となつてそこにひらいたかのやうに、或る花は青かつた、或る花は赤かつた、しかしそのなかで野いばらに似た白いちひさな花だけがさんさんときらめいてゐた、それはあたかも青年の頰から地に落ちた涙が冠を背負つたかのやうに。

Ⅲ

部屋にて――風の物語

私は――と風になつた青年は語つた。――海のほとりの小都会にいつの間にか吹きいつてゐた。それは、どの辻にもどの家のかげにも魚の臭ひのする街であつた。町はづれの砂丘をこえると、夕やみにめいめいの家がなつかしげなあかりをともした。私は見た、さまざまな家の内側を、或は父と母と子たちの夜の食事を、或は若い夫婦の語りあつてゐる場所を、或はうらがなしい胡弓を鳴らして歌うたひの群が酒場をめぐるのを。しかし私はそのどれにも足をとめなかつた。出来なかつたのかも知れない。なぜならば私はすでに意志よりも別のものに導かれてゐたから。私を導くものを夢と名づけてもよい。私は私でありながら、私であることは出来なかつた。また私は見た、幾人もの懐しい人びとのざはめくのを、花やいだ明るいランプとお茶を、ねがはれたしあはせを。私はただそのまはりを羽ばたいて行つた、とほりすぎながら、そのどれにもとどまりもせずに。やがては私はひとつの窓に囚はれた、その窓にはギヤマンのランプがひとつほのぐらくともつてゐたのだ。それは街中でいちばん天に近い屋根裏部屋にあつた、そのなかに瘠せて汚れた若い詩人をたつたひとりぼつちで住まはせて。私はせめて私の吹きすぎるときになごやかな気持がこのなかに立ちもとほれと、ひそやかにひそやかにその窓にしのびいつた。

それは嘗ての私（人間であつた日のこの青年のこと）の部屋ではなかつたのに、何とそれが私の部屋の有様によく似てゐたことか。乱雑ななかに浄げな秩序が保たれ、貧しいなかに不思議な豊かさがこめてゐた。そのランプにてらされても、何ひとつ光りかがやくものとてはなかつたが、年月に傷められた家具の古びは全く光の眠りであるかのやうにおもはれた。そしてそのひとつの、彫刻と虫食ひの微妙にいりまざつた褐色の木の椅子に、この部屋の主人は汚点のついたテーブルに頬杖をついたまま考へに耽つてゐた。

私にはわかつた。それが私ではないのに、何と嘗ての私によく似てゐたことか。私は彼の眼ざしのうちに見た、彼のおもつてゐることが、彼の夢みてゐることが。私は彼の眼ざしのうちに見た、彼のすべての日々を、決してみたされるとは信じられないすべての夢を。

《ああ、おれには、うつし世がない。生きてゐながら、おれにとつては幻でない者はおれを欺き裏切ることしか知らない。おれ自身でさへおれをいつもさうしてゐなければならないのだとは！》

私の胸はふと追憶にしめつけられた。私は光のやうに速やかに理解した。主人の言葉の裏側にいたいたしく息づいてゐるその意味を。私は思はず声を立てた、私の掌はそのテーブルの上をしづかにかきみだした。彼もまた私に気づいたやうだ、彼には私が見える筈はないのに。

《ああ、風の巡歴だ。

風よ、行くがよい、とどまるがよい。

うつし世に吹きすぎながら、おれのやうな卑屈な奴がおまへのやうに自由であつたなら、何のおそれもなく祈りもなくただおまへのやうにうたへたなら！
ああ、おれは風になりたい！》

私の眼はその男の瞳に喰ひいつてゐた、そのなかには見ひらかれた世界のかはりに内気にただ自分の身のまはりだけをやうやく淡く気に入るやうに整へてゐる寂しい諦めがあつた。諦めではなかつた、もつと寂しく卑しいこせこせとした不自由であつた、そしてそれを蹴散らすことさへ思ひつかない不自由であつた。彼はおそらく怒らないであらう、胸を張つて歌はないであらう、泣きも笑ひもしないであらう。ただ、出来るかぎりは人のよい微笑を浮べるであらう、そしてそれが許されないとき、彼は哀訴するであらう。このやうな男が誰であつたか——

《ああ、おれは風になりたい！》と、おしひしがれたやうに低く呟いた、その男の声をいつまでも、耳にのこしたまま、私は奇妙に烈しい憤りに身を焼いてゐた。

やがて私はその快く整へられた屋根裏部屋を躍り出て、私はつとめに鞭うたれてゐたのだらうか、それともあたらしい夢に追はれてゐたのだらうか、涯《かぎ》りない夜の空を一さんに天翔つてゐた、行く方も知らずに、燃え上る憤りに身を嚙ませたまま……。

Ⅳ

コリントの歌——風のうたつたソネット

それはコリント風の列柱の下のことだつた
みづみづしい若い幸福が語らひあつてゐた
わたしはためらひもせずにそのまはりを
幾たびも幾たびもファゴットを鳴らして踊りまはつた

女の頰は夕雲よりも明るく冴えてゐた
男の額は潮騒よりも蒼く雄々しかつた
そのことばが触れあふところに青い花が咲いた
男の指はそれを摘み　女の髪に飾つてやつた

白大理石の柱が載せてゐる灝気《かうき》は清らかに青かつた
わたしの歌は途方もなく大きくひびき
幸福な者の歓びを更に幾百倍にもおもはせた

男と女は固く抱いた　すると世界がしづかになり
憧憬と情慾が　わたしの翼にのつて彼らを包んだ
限りない愛のしるしが熱い灰のやうに燃え立つた

⁂

コリントの柱の上に
りつぱな禿鷹が翼をやすめ
はるかな海の方を眺め
とほい旅立ちを思ふために

じつと声も立てなかつた
禿鷹の瞳はうるほひ
胸は波立ち騒ぎ
すべてが見えはしなかつた

やがて一散に弾道に身を任せ
彼は飛び立つた
何の決意もなくて
渺茫たる空の涯り

うつくしい希望を嘴に
翼は大きく張つてゐた

V

――このところ語る

青年のうすい水色の翼ある風は、うすべに色の風の天使を追ひもとめて、地の上のありとあらゆる国々を走りまはつた。或る日はスカンヂナギヤの峡谷を、グリーンランドの滑らかな氷の上を、或る日はウプサラを、ヒマラヤの裾の農家の群を、ヘラスの太陽の下を、或る日はウヰンナを、信濃の国を佐久の平から戸隠の空へと。しかし彼にはかの女とめぐりあふことは出来なかつた。偶然をもとめてもすべてはむだであつた。そして彼のうすい水色の衣と翼には石におのづから苔の住むやうに歌のかずかずと物語が育ち、それが青年の姿を異教の古英雄のやうにいかめしく雄々しいものに見せてゐた。勇しい戦ひに就いて、美しい恋愛に就いて、人類のかずかずのかがやかしい業蹟に就いて。それはうつし世に彼が織つてゐた日々の卑小な夢にくらべてははるかにすぐれたものであつた。あの屋根裏の詩人の持つてゐた人間らしい欠点と弱さとは、もうそこには見られなかつた。四大のひとつとしての高い精神が全く彼のすべてであつた。彼にはときにあらあらしく叫び、吼えることさへも何の苦しみと骨折りもなく出来た。また或るときはそれとおなじたやすさで真昼の木の葉と草の葉とをかすかに顫はせうたはせることも出来た。

しかしかうして彼が風として秀でるにつれ、彼にはますますあの少女が恋しく思はれて来るのであつた。このあたらしい、霊妙な生をさづけてくれた、うすべに色の衣と翼ある風の天使が――。そのたよたよとした可憐な生を彼のかたはらにおかなくては風の彼の生は完全でないもののやうにのみ思はれるのであつた。

青年のうすい水色の翼ある風は、地の上のありとあらゆる国々を走りまはつた。その営みはすべて空しかつた。海はただむだな緑の島々でみたされてゐた。しかしそこには獣や小鳥や数限りない植物らの不思議に切ない生を見ることが出来た。

VI

――うすべに色の天使の歌

私を誰かが呼んでゐた　呼ばれるままに
私はそこに立ちどまつた　それは明るい青い暑い空の
一ときのほんの短いあひだであつた

一度も思ひもしなかつた運命が私にそつと訪れた
ほんとうにそれはしづかであつた　あまりにしづかでありすぎる程
私にくちづけをした人は　何の奇蹟でもないやうに
うすい水色の風になつて　もう私からとほく行つた
私はあの人のことが忘れられない

あの人はもう私をおぼえてはゐないだらうに
あの人はきつと地球の上を吹きまはつて
あらしにもなつたらう　つなみのもとにもなつたらう
しかし私に信じられないのは　あのことだけだ

あの野いばらの白いしげみで　私のくちづけを
やさしくあの人が受けたことだけだ
それはずつと昔のことだ　そして信じられないのは
あの日から赤い薔薇が私にすこしも欲しくないことだ

私はもう花園を吹いて過ぎることも忘れた
私はただ消えてしまひたい　あの人のくちづけに！
もういらない　どの花のほほゑみも　どの小鳥のさへづりも
ただ胸のくるしい私には　私を消すくちづけばかり　ただもう一度欲しいだけだ

＊＊

しかしそれが何にならう——
私はもう風の天使ではなくなつた
私の翼はもうすつかり破れたから
うすべに色の衣さへ涙の雫に濡れたため
たうとう朽ちてしまつたから——

私は人間のなかに呼ばれるだらう
重いきづなとむごい望みに
しかし私は拒みはしないだらう
私の心は落ち着かなくなつた
私の胸はくるしくなつた

私はなにも防ぎはしないだらう
もう飛ばうとも歌はうともおもはないだらう
私はただ聞くために　なにかを生きてゐる
私はただ待つために　だれかを生きてゐる
さうしてもしも夢にでもゆるされたならば！

——風の天使たちの合唱

あたたかい光の野にさみしくそそぐ日に
ひとりの天使は人の世に呼ばれて行つた
ひとりの若者に風のいのちを与へたつみのために

谿川《たにがは》を慕ひ喘ぐ鹿のこころを
真白い鳩の胸におさめ
罪負ふ天使は人の世の少女《をとめ》となつた

ああ　いつの日にか帰り来よう

ああ　いつの日にか帰り来よう
いつの日にか――？

Ⅶ

――このところ風の言葉にて語る

――次第に闇が湧き出してゐた。すべての形象から線が失はれて行つた。やがて混沌とした輪廓が、次いでそれらの軽さが、一様に溶けるやうに消えて行つた。雲の去来は、すでにそれは黒く無気味であつたのだが、あはただしく荒んでゐた。風景は、しかし声をひそめて、ぢつと身のちぎれさうな努力にたよつてその位置を辛うじて保ちつづけた。私の一歩は次の一歩に不安を感じた、私の激しい思ひは沈黙にも静止にも耐えられなかつた。私は自分の力をはかつたことがないのだ。私の前の日にはレトリツクがあつた、イロニイといつはりと――いつも、けふもまた私はしつこく黙りつづけた、風景におもねる言葉のほかは。甘い感情の見せかけに凭れて私はうつとりとして立ちどまつてゐた、暗澹と一切が次第に失はれつくしてゆく風景のなかに旗のやうにうなだれて。私は一歩を持ちながら一歩をゆるさなかつた。これは自嘲ではないと言ふ、みづからする誇りだ、近づきつつある暴風雨のなかにわが身をいつはり甘やかすことの出来る平静さに身を縛られてゐた、と私は私の頽廃に醜く酔ひながら。

私の周囲ではすでに闇黒はゆらぎ、ものみなはたけり狂つてゐた。樹木のむごたらしく引きちぎれる悲鳴や人畜のひたぶるな叫び声が私の額のあひだにぢりぢりと烙《や》きついてゐた。一切は私に音響にすぎなかつた。すさまじく、異様なものすら、平凡なものとして、私を裏切つた。私の身体は何のかはりもなく位置だけを空のなかに変へつづけたのだ、厭嫌と悔恨さへなく。一切の暴風雨する逞しい意力までが私にはむなしい音響としか映らなかつたのだ。あの狂暴な力さへ暴風雨自らをつきやぶつて高まつたとは信じられない、弱々しい何でもないものを感じてゐた。誰が私をつきやぶれるか、私はあまり平静でありすぎるのだ。それがこの瞬間の私が私自身であることを拒んでゐる――おまへの言葉も行為もおまへのものではない！　と。私はこの考へに酔つてゐる、これは作為だ、あまりかはいさうだ、しかし甘い、ぢれつたい程こころよく甘い――。

きらめく電光が憔悴した風景を描いた。をりをり私はそれを見た、蒼白い、霊妙とさへ思はれた照明によつて。虚空に風景は一瞬に懸つた、かき消されるのは生きのいのちの美しい図絵だつた。脳天から震へぬいてゐる巨大な樹、全力をあげて燃えてゐる反抗の樹、ぢつと大地から聳えてゐる虎の岩、揺ぎながら怒りの喜びで歌つてゐる森、低い低い踏みにじられた呻き、ひとすぢの響……息を弾ませながら、かき消されて行つた、美しい地獄のやうな図絵が絵カルタを繰るやうに。

だが私は何をしたか、この戦ひの場で！

私はふたたびレトリックに身を沈めてしまつて、私の身を部落に叩きつけなかつた。あそこの平和な家畜らと蔬菜らとを殺戮しなかつた。かへつて来る傷がおそろしかつたのか？　私は光栄を以て与へられた暴戻《ぼうれい》な力を振ふのにためらつた、あの人々から一切の幸福を奪略しなかつた。意気地なしのそつぽ向いた私よ、烈しい同伴れのりつぱな行ひを見よ、壮大な彼らの歌の深い根ざしを見よ！　レトリックのかはりに、戦ひがある、何の自らへの防衛もおもはない血のながれてゐる行為がある。おまへの場所は何だ？　平静とは、おどおどとした卑小な場所の異名か、引剝されたレトリックされてゐた丈夫ぶりよ、あらしのなかの裸坊主よ、おまへは狡く身をまもらうとして自分に授けられた光栄と力とを潰してゐて恥ぢないのか!?

そのとき私は、自分の意識を虐《さいな》みながら、知らなかつたのだ——意志でなしに、私がすでに暴風となつてゐたのを。私は一軒の家を引き崩した。幾たりかの生命は雨に叩かれ、私の足もとに引きずられ、かぎりない哀しみと怨みを抱いて、よろめいた。私はぢきに彼らを捨てた。

第二の私の兇行は海上に行はれた。一心に私にあらがふ帆前船を私はむりに沈めようとしてゐた。帆前船の表情を稲妻はしばしば私の眼に投げつけた。或るときは、私を忘却しつくした必死の瞳で、それは私の胸をかきむしつた。絶望のまつくろな色さへ交代した、儚い望みと燃えつきた怒りにまざつて。その表情は澱んだ美しい光に彫りこまれて喚いてゐた。私は、相手を忘れつくして戦つてゐるこの帆前船に戦慄のやうな羨望を感じた。そのとき、私は反省に苦められてゐた、なぜおまへは、おまへのすべての残酷な力を、その力を超えてこの海上いつぱいにひろがらせ波立たせてないのかと。私にとつてその帆前船はすべてではあり得ないのだ、彼にとつて私がすべてであるやうに。やがて彼は難破した、深い真暗な相手もゐない海底に安易に滑り落ちた。稲妻にかがやかされて、船首飾りが龍骨が砕け散るのを私はちらりと見たが、何の感動も湧かなかつた。私はもう彼を忘れた。たしかに私は征服したのに！　私に彼自身をあげて反抗した相手を征服したのに！

　私の心臓は寂寥に帰つた。私は行為に行為を積んだ、けれどみんな忘れたいと願つた。胸がいたんだ。

　私の言葉はとぎれなかつた、私の声はしかし嗄れてしまつた。天地を轟する交響のなかで、私のうけもつしらべだけが力なく洞窟のなかに沈んで行つた。それが嘗ては高く高く夢みた声か？　私は秩序にとりのこされた、私はあらしでありながら、何とみすぼらしくなり果てたことか！　これでよいのか！　私の咽喉は怒濤の歌に答へてはゐない。ああ、みじめにかじかんでゐる魂よ！　卑しい賤しいけちな魂よ！　うなだれて自分ばかりをしつかりと抱きしめてゐる魂よ！　ざまを見よ、面をあげろ、面をあげろ！　おまへはこのあらしのなかでしつかりと立つてゐられないのか？　おまへはおまへの白い顔にそれなら人のよい微笑が浮べられるといふのか？　おまへは傷ついて死んだ敵たちを抱きおこしていたはるといふ甘い夢を憶面もなく考へてゐるといふのか？　あらしのことをうつくしく言ひまはしてみせるといふのか？　ざまを見よ、面をあげろ！　面をあげろ！

＊＊

すべてが終熄した。銀色の月がてらした。高い雪をいただいた山巓《さんてん》に私は涸《かは》き切つた身体を転輾した。私はもうあの薔薇色の黎明が峡を、北と南との境の峡を染めるのを待つより途がない……。

Ⅷ

――少女の夜の歌

私の心ぼそい蠟燭のまはりを
風よ　あまり強く吹いて下さいますな

私のちひさな小屋のなかに　その扉を
そんなにはげしくゆさぶらないで下さい

私は眠りたいのです　やすらかに
幼な児の夜に　私が眠つたやうに
私をのせる敷蒲団と　私を包む被蒲団と
そのあひだに私はしづかに眼をとぢたいのです

風よ　おとなしく　そよそよと
木の葉の耳と口とにだけ囁いてすぎて下さい
あなたのめぐつた国ぐにの
花や小鳥や果実のにほひよい物語を

私はあなた方のささやきあふのをききながら
眠りに行きたいのです　ああ　何と安らかに！

＊＊

泣きたいやうな　さびしさ　しづかに
夜にふかく　私は坐つてきいてゐます
とほくの　とほくの野にあらしの過ぎるのを
かすかに　それが私の心にまで吹いて過ぎるのを

泣きたいやうなさびしさ！
ひそやかな雨の息がほてつた頬をつめたくし
あの日の人とあの日の言葉を抱いた胸に
しのびよるのに

やがてこのあらしはとほく過ぎて
落葉ばかりが木々を包むでせう――だけれども
私の胸をあたたかく包んでくれるやさしい思ひは？

ああ　あらし！　私を忘れずに吹いてとほれ
ひとりぼつち震へてゐる私に雨とあなたの激しい熱を注げ
何事か　私の身におこるやうに！

**

近よつて来たのは誰だらう
あのおもはせぶりなためらひは
そしてときをり高まるはげしい声は
一体だれが私にこんなに近よるのだらう?

私はいつも運命にみちびかれてゐた
私は意志を知らなかつた
私のなごやかだつたミユトスよ
このやうな夜ふかく　私のかなしく追想するのは

決して過ぎて行くものの烈しさではない
私はただ尋ねたいのだ
力づよく私を抱きしめるものの力を

はじめの日は決して帰らない
何も忘れることはもう出来ない　過ぎて行くものが
私には心からたよりになるばかりだ

⁂

ああ　このちひさな小屋をうちたふし
そのなかに安らかに生きる娘のいのちを踏みにじり
ああ　あらし！　あなたのあらあらしい力を
信じてゐる娘のために　あなたの暴虐をお与へ下さい

⁂

それなのに　それなのに　なぜ過ぎて
弱々しい風の音しか　もうのこらない？
私は待ちうけてゐた　私は信じてゐた
それなのに　それなのに　なにもおこらなかつた！
誰か　私のやうに熱い涙をながし

過ぎてしまつたあの行方を見てゐよう
ああ雲のやぶれに　いつもとかはらない月よ
それなのに　私さへまねて　何のかはりもなかつた

私は羨ましい　こんな夜に　死んで行つたものたちが
よろこびもなく　畏れと脅えに看とられて
くらいふるさとへ逃れて行つたものたちが！

私はのこつた　かぎりのない時間のなかに
またもとのやうに　さびしく　過ぎもせず　かはりもせずに
私はのこつた！　さびしい月の光にてらされて

IX

≪私はさびしかつた——ゆゑもなくさびしかつた。私は乞食のやうに餓ゑてゐた。何かを盗まなくては生きられなかつた、盗んでも渇きも飢ゑも鎮まらないと知りながら、白い豚のやうな生き者から真昼の木の葉のそよぎと掏《す》りかへに幸福を掠め取らうとした。しかし誰も私に盗まれるやうに愚かではなかつた。私はさまよひつづけた、眼ばかり賢しげに光らせて――いまだつてかはいさうなことしか私に言へないことを承知しながらものを言つてゐる。言葉がなくては生きられない生き者とはどうしてかうもかなしいのだらう？　しかし私は四大のひとつとしての高い精神のよろこびばかり吸つて生きてゐた、切ない空しい営みに矜りを持つて生きてゐた。うすべに色の風の天使ひとりをよるべに生きてゐた。私が弱々しい筈はないのだ！）

風の憶ひはつらつらと絶えもせずにたつたひとつのくりかへしをくりかへしくりかへし昔を今にとねがつてゐたのだらうか、昔とは、今とは？――それが青年の心に果してありありとしるしをとどめてゐたのだらうか。追憶はみな棄てつくした筈だつた、忘れなくては生きてゐられなかつたから。清い美しい思ひ出のなかに時を生かしては自分が生きてゐられなかつたから。

青年のうすい水色の翼ある風が、ひねくれはじめたのは、あの暴風雨の夜のあとだつた。彼が何のためらひもなく吼え叫んだ夜なら幾らもあつたのに。それは乏しい光にてらされた、どこか追憶のなかではじめから薄らいでゐるやうな場所であつた。若い女はおどおどとかじかんでゐた、あらしの片隅に吹きよせられて、今にも消えさうな街の燈のそばに。たのみきつた鈍い眼が、ぢつと見つめながら祈つてゐた。それを打ちたふしたかつたのだ、しかし出来なかつた。それはぼんやりとした記憶のなかで、その若い女は立ち上つて来て、彼の方を向くとうす気味わるくしのび笑ひを洩らした

――なんで泣き顔してゐるの？　あはれなあらしだこと！　といつか魔女になり飛び去つた。やがて青年の風はその場所を捨てた。――だがあれは、若い女だつたか、村はづれの欅の樹だつたか、藁葺の小屋だつたか。

≪……そして海上での帆前船の全力をつくした反抗はいつか私にひとつの質問と化した――一体おまへは幾年くらい洞窟で生きて来たかと。愚かな問ひにちがひない。それと私の高い飛翔とは何のかかはりもなかつた筈なのだ、洞窟にいなかつたことが私の誇りであつた筈なのだ。帆前船の末期の眼が私を瞶《みつ》めてゐる、身動《みじろ》ぎもせずに悪意だけに燃えて！　私はそれに耐へなくてはならない、憎みかへさねばならない！≫

青年の風は嫌悪に全身がむしばまれて行くのを見てゐた、彼の遊行は重く昏くなり、エエテルは彼のまはりに信じられなかつた。何もが彼を歪めてゐた。どの風景にも針があつた。みなが咎めるやうに彼を迎へた、触れたものがはつとする程とほくにあつた……。

そんなとき彼はよくまた自分の人間だつた日のことを思ひ浮べた、風のいのちをあこがれつづけ、それだけをたつたひとつのたつきに、汚らしい身なりで恥もなくみすぼらしく貧しい場所に生きてゐた日のことを。生きてゐた、とは何と冴え冴えとたのしい言葉なのだらう。≪私は今、風。私はほんとうに生きてゐるのだらうか。今の私にはルイ十六世風の飾りランプもいらない、それを欲しがることも出来ないくらゐなない。悲哀にみちた思ひをひそめて自分の部屋のうすやみにくぐもることも出来ないのだ。私には部屋がない、ちひさく分けるもの（それは私にはあの日にたのしいことだつた、）私には部屋がない、ちひさく分けるものは何もない、全部が静謐《せいひつ》である宇宙の大きなひろさは私には痛い程さびしいのだ。私はあの人間にかへりたい！　そして風になりたいと夢みてゐたい。世界の秩序をわが身にしたいとただあこがれでのみ知つてゐたい！

ああ、私は塵にまみれて、塵を吹きとばすことの出来ない人間になりたい！）

それがさびしかつた、敗北のやうに暖くすなほにさびしかつた。ひとり歩きを出来た筈の理想や憧憬や夢が信じられなくなつたのだ、風が身体に、そしてその裸坊主を包む物質に、それを拒む手に、思ひをめぐらした。

氷雨に濡れながら、かなしい繰り言をすべてのものに告げながら、また夜へ青年はしづかに歩み入つてゐた。行方は知つてゐた、それは暁であつた、訪れると信じるよりほかない朝やけと日の出であつた。

X

——夜のそよ風に吹かれてゐる「歌の本」

私は——と青年の風は語つた。——ひとつの厨《くりや》にしづかに吹き入つた。
人工の燈の下で、ひとりの女中が本を読みふけつてゐた。夜はかなり更けてゐた。

この家で眼覚めてゐたのは、かの女ひとりであつた。やがてかの女もまた本をとざし寝床に入つた、玉葱や馬鈴薯や魚の臭ひのあちらに、ふるさとの夢を結ぶために。人工の燈は消された。
今は月の光が高窓からさし入りかの女の読みさした本をてらすばかりである。私はおづおづとそれに触れた、頁は白く私の指にひるがへつた。

僕は　その夢を　そのひとと一しよに見た
夢は　僕ひとり　見たのだが　そのひとと
僕は　一しよに　その夢を見たと言つてる
（これはたくらみでないがいつはりでない）

夢が　夢のまま　追憶のなかに生きる
そのとき　だれが　それを区別する？
夢ではなかつた　粗々しい日々を　夢から
（これはたくらみでないがいつはりでない）

僕のなかに　大きくすれば　いくらも大きく

僕をはみ出て　育つものがある　僕は育てた
それはたのしく　そして　よいことであつたらう

自然に　自由に　勝手気ままに　夢は
僕を超えて　行つた　そして　僕は見た
ひとりで？　一しよに？　薄闇と夜々に

私は見た、その白い紙の上に――
沁みるやうな月の光と、黒い文字とを。私にはそれのあらはす意味がひとつもなくなつた。ただそこにはあつた、私の指先にひるがへつてゐる紙の上に沁みるやうな文字と、月の光とが。

うつしてゐるのは私らの影ではなかつたやうに
ながしてゐるのはとほい忘れ川《レエテ》の水ではなかつたのに
それは　花やかに明るい雲の列だつた
そして　暮れやすい色の空だつたのに

うたつてゐるのは私らの胸ではなかつたやうに
鳴いてゐるのは唄のなかの小夜啼鳥《ロシニヨル》ではなかつたのに
それは　塒《ねぐら》にかへる何でもない鳥の群だつた
そして　紛れやすいざはめきの風だつたのに

それがさうでもあるかのやうに
ああ　うつとりとなつて読んでゐた　私らは
旅のひと日のをはりの一ときを

それがさうでもあるかのやうに
別れる夜のない星を　夕べの空のうすやみにさぐりつづけ
私らは　さぐりあてては　それをたよりに読んでゐた

＊＊＊

もしも私があなたを忘れ
あなたのやさしい歯ならびを忘れ
澄んだ眼を忘れ　小さい手を忘れ

さうして日々が過ぎたなら！

ずつと昔に私が愛し　そのころも
私には愛しつくせなかつたひとよ
けふ呼びかける私の心は
ただあなたを呼びかへす

しかし私は今ではおもひはしない
私があなたを愛してゐるとも
あなたなしには生きられないとも

私はただ告げたいばかりなのだ
あなたが私をすつかり忘れ果てる日にも
ただ一言　私らに言へなかつたあの言葉だけ　忘れてはならないと

歌はほんとうにどんなにでもあつた。
私の指さきではそれは草の葉とも幼い獣の耳朶ともすこしもかはつたところはなか

つた。心ゆくままに顫へながらいくらでもいくらでも糸を紡ぐやうに紙の奥からひとつづつながれ出た。

やがて私はこのあそびにも飽きてしまつたので月の光に射られた「歌の本」をあとに、ふかい眠りに落ちた女中の額に祝福を与へると、入つて来た煙出しからこの厨を立ち去つた。——と、風の青年は語つた。

XI

——このところ語る

風の青年は自分のさすらつてゐる夜がだんだんに暖くふうわりとして来るのを感じた。あまり速すぎないほどの快い速さで彼はそのなかをすすんで行つた、いつもよりとりとめなく、いつもより爽やかにうたひながら。

夜のなかにはあかりがいくつもともり、増したり減つたりして、きらめいてゐた。いつまでもいつまでも平らな国では夜だつた。あかりは雨のなかに散る花のやうに夜の息にうるみ消えて行つた。……しばらくの後、朝の光を浴びて都市の姿があらはれた、朝やけや最初の日の光によつて営まれる日常の薄明の儀式に、眠りから覚めたばかりの街衢《がいく》は、つつましやかにその白い顔をひえびえと差向けてゐた。

ゆるやかな優雅な足どりで、野菜や切花や鶏卵や麵麭を積んだ馬車が蔭のふかい大通りを進んで行つた、新鮮な匂ひが青年の風を誘つた。彼はよろこばしげに馬車のあとに従つた。甃《いらか》の上には落着いた朝の光が斑紋をつくつてにほひこぼれてゐた。そして彼はいつの間にか自分を導いた馬車を見失つた。

馬車の消えた場所には走らない噴泉があつた。それは清らかな朝の水を湛へてうすい水色の翼ある風の指さきにしほらしく挑んでゐた、その波の影は浅い水底にまで映りちらちらとこまやかに顫へてゐた。――水が細い口から噴きあがり青年の頰にくちづけした、水のつめたい唇は今まで吹いてゐた銀笛の唄口から青年の頰にそのまま移されたのであらうか。

すぐにまた騒しくないほどのにぎやかさで風景は移つた。青年の胸は香ばしかつた。龍騎兵の行進が彼の満足した歩みを追ひこして過ぎるのだつた。そんな龍騎兵の額、馬の顔に青年は心をこめた祝福のくちづけを惜しまずに与へた。すでに過ぎた先頭の方で喨《りやう》々とラツパが鳴つた。それに呼ばれて甘い感傷的な少女たちがこの行列を見るためにすべての家々から運ばれて来た。娘らはうつとりとして口々にうたつた、龍騎兵の列は限りなかつた。その蹄の音と少女らの唄とがラツパとすり打ちする太鼓の伴奏に調子づいて四辺に鳴り渡つた。限りないこの讃歌に青年の心は瑞兆に膨れあがつた。彼もまた有頂天になり幾つもの旋風をまきおこした、それはちひさくてもよかつた、大きくてもよかつた。ただ大きな旋風は娘らをすこし脅かした。やがて、龍騎兵の行進は透明に透明に蹄の音は杳《はる》かになつて過ぎて行つた……

美しい午前はさうして真昼に移つて行つた。

ひとつの部屋で彼は身を横たへてまどろんだ。夢なかばの彼の耳には巧みに仕組まれた言葉が気持よくひびいてゐた。彼は回想にも未来にも入つて行かなかつた、しかしどこかとほくに通つてゐた憩らひだつた。彼の耳のまはりの自らに阿《おもね》り人を誣《し》ひる美しい言葉は喃々《なんなん》と迦陵嚬伽《かりようびんが》の歌も及ばない。

ふたたび眼ざめたときにそれは影のふかい花の散り敷いた庭苑であつた。懶《ものう》げに歩みはじめた青年に誘はれてあたらしく花は梢から離れ天に舞つた、落ちて行く花びらは影を地に自らよりも先に播いた。風はただひとの心が慕はしかつた、美しい播かれたものをしるべにしのびよるとゆるやかに立ちもとほるひとの心には巧言令色が優しく迎へた。

夜を迎へるまへ疲れつくした、彼は室内にはいり一枚の絵に身を凭らせた。その絵は褐色の勝つた色あひで描かれた、はつきりとした顔立ちの貴婦人の嫋《たおや》かな姿であつた。彼はその絵に身を凭らせたまま、しめやかに夕やみのしのびよる部屋うちをうつつなく眺めてゐた。ロココ風の銀をおいた椅子や卓や高価な絨緞のかなたに、優雅な襞を畳んだ紗に覆はれた窓のあちらに、銀鼠色の黄昏の芝生の上に、たえず甘くすすりなく噴水の声がきこえた。それにまざつて侍女たちの声がすこしも風のないのを語りあつてゐるのがぼんやりときこえた。やがて文目《あやめ》もわからない室内で彼は陶然と考へに酔つてゐた――何もみなはじめの一瞬のみがほんとうに美しい、そして「時」はすべてあたらしい。しかし私にはをはりがある……と。闇にとざされた室内に月がさしそめたとき、彼はそのなかに白い羽の扇を手にしたうすべに色の風の天使の姿をさまよはせてゐた。月かげのなかで黒く見える長い裳裾を曳いたかの女の姿はぢつと苑に見いつてゐた。噴水は身を限界のかなたに踊らせて月の光とたはむれては砕け散つてゐた。異国の人はあざむかれてゐるやうな、そのまま劇のなかに身のあるやうな、よるべない思ひを抱いて、女の後姿を見つめた――あれは果してあの私の思つてゐるひとであらうか。掻き消すやうにすべての幻が移つた。幻にあかしを求めることを拒むかのやうに。ざはざはと木の葉が鳴つた。気づくと青年の風は月の光の散りこぼれた森の頂を波打たせながら自らの行ひをくりかへして飽きないやうに限りない大空へその身を飛ばせてゐた……。

XII

――遅い言葉で少女のする独白

私にはすべての恋物語が
空おそろしいものとのみ思はれました

愛しあつてゐるひとたちの幸福な結びつきも
不幸な悲しい運命のむごさも　おなじやうに
私にはただ空おそろしく思はれたのです
慰さめをあのひとたちが得てゐるにしろ
他人事に知る私には一体何の慰さめがあつたのでせうか
夢さへ見ずに眠る夜をただ待ちうけました
夜明けになると断れてしまふ眠りを恨めしいと思ひました
そして銀色の月は幾たびもみちかけました

私は私の身体を邪魔な重いものにおもひ
ひとりでこつそりとそれをいぢめてくらしました
その痛みから私は灝気《かうき》が青くひろがつた
見知らぬ世界に行かれる償ひのあることを信じました
見知らぬ世界で昔くらしたと私はいつも夢に見たのです
そこは　単純で　高貴で　静かに　大きくありました

私はうたひ騒ぐ群にはゐませんでしたが

すくない友はやさしく親切にしてくれました
いたはられながら私はすなほにのびのびと生きました
魔法使ひも兵士も掏摸《すり》も私の圏にはゐませんでした
ありふれた無恥な生を神秘にしたのは秘密の血でした
それも私は記憶にはない日に承けてゐたのです

エリジウムと冥府とが熱病と昏睡のやうに一しよにゐると
死んだ人が青い花のなかに誌しておきました
それは私のために書かれたものなのです
百年あまり他国の人が読んでゐました　しかしすこしも汚されないで　私の魂
　に戻りました

私には　言葉が　すこしも邪魔にはなりません
こほろぎの歌と　古い泉のささやきをまねして
私のおもふやうに言葉をひびかせあそびました
私はかなしい夢のなかでお告げを得ました
私は知らずにさがしてゐるものにきつとめぐりあふことが出来ようと

そしてもしけふ星が光つてゐるならば
それは千年のあとの夜も光つてゐるだらうと

結び

――幸福な別の物語の発端

めぐつて来て、ふたたび美しい日々が訪れた。

明るく鮮やかに晴れわたつた薊の野である、そこは一面にうすむらさきの花の色が、渺々と涯《かぎ》りを知らない波を打つてゐた。見わたすほどの広さはすべてその一色が夢のやうにかがやきわたつてゐるのである。白い蝶のやうなものが渡つて行つた、それが過ぎてしまふとそのあとにはまた静寂ばかりがのこされる、まへよりもさびしくしづかになつたやうにおもはれるばかりに。(――ひとよ、薊のとげを忘れよ!)

このやうな薊の野に径が通じてゐた。ただ一すぢそれが空の青と花野の薄紫とを鞭の痕のやうに破つてまつ白く細い色を走らせてゐた、かぎりなく杳かとほくに――。

うすい水色の翼ある風の青年はこの曠野をさまよつてゐたのである。彼の歩みにつれて花野はゆらいだ、ゆらゆらと薄紫が色と光のやうすを変へた、うつとりとその動きに酔ひながら、自分の歩みに満足しながら、風の青年は行くのである。

――径には少女がたつたひとり歩いてゐた。

青年は見た、そのひとが彼に風の生を授けた風の天使であることを！

美しい瞬間である。青年の胸はをどつた――しかし少女は知らない。無心にかの女はうたひながら歩いてゐる、放心した恍惚の唄を。かの女の肩のなりが青年の手を誘つた、青年はしづかにそこに手をおいて自分の思ひを憩めたいとおもつた。

歩みは思ひどほりにならなかつた。あとを追つて青年は少女を追ひこした、ひきかへしたときにはまた行きすぎた。速すぎるその歩みをゆつくりとかへたとき、それはあまりゆつくりとなりすぎた。青年は少女のまはりを遠慮にみちたたゆたひで幾たびもめぐつて飽きないのだと、それがおもはれた。そしてくりかへされながら、たのしいたのしいあそびのやうに、よかつた。

やがてふたりは並んだ、歩みもひとしく。青年は少女の横顔に見恍《ほ》れた、少女は自分のまはりの空気にずつと前に夢のなかにかそれともあこがれのなかにか感じたことのある香のまざりはじめたのを知つた。それは長いこと忘れてゐた、長いことそれのあることをさへ忘れてゐた、それゆゑそれをさがしてゐるとは思はなかつた、しかしその香を感じたときにかの女の心はずつと前にそれを感じてゐた日々が欲しいとおもつた、しかしあてどがなかつた。

青年は自分に恥らひがこころよく訪れてゐるのを感じた、彼ののぞみの言葉はみな口籠つて何度も唇にのせながら、それが消えて行つた。少女の肩にそつと手を憩めたいとおもつた、しかしそれがどうしても出来なかつた。その肩が何でもない、何でもないものなのに！

少女にはそばに青年がゐるのが見える筈はなかつた。しかしかの女の肩の上にやさしい重みが、病ひのやうにおかれるのを感じた、それをいぶかしんだ。だが少女の憶ひはほんとうにあてどがなかつた。

青年がつひに心にきめて少女の肩に手をおいたとき、自分の手のなかにかたい生がながれはじめたのを知つた、熱い血が手にだけ脈打ちはじめたのだ。そのときまで見えなかつた彼の姿のうちで、肩におかれた方の手が、そしてその腕が姿をあらはした。それは奇妙である、腕だけが、愛撫を夢みながら少女の肩に憩《やす》んでゐるのは。しかし少女は気づかなかつた。青年はいらだたしい羞らひに苦しめられた。自分の姿が早くすつかりあらはれればよいのに、と。しかしそのためにはどうしてよいのか知らなかつた。

青年は少女を愛した。だが少女は愛することを知らなかつた。少女の欲望の眼ざめがおそかつた、それが妨げてゐた。やがて時は熟した。少女は感じた、自分がさがしてゐるのは何であつたかを。そのとき、すべてが一致した。青年の完全な姿は一瞬にあらはれたのである。少女は自分のそばに不意に立つた青年に何の怪しみも思はなかつた。少女の夢はすなほに結晶した。かの女は見上げた。自分がずつと昔に風の天使であつたことが、そしてうすべに色の翼を失つて人の世にさすらつたことが、そしてそれが何のためであつたか、それらのすべてが一時に、にほひが鼻に自然に感じられるやうに、音が耳に自然に聞えるやうに、何でもなくわかつた。青年の顔は美しくほほゑんだ。

ふたりは手を取りあつた。

ふたりはその場所で直に結婚した。

鮎の歌

鮎の歌

草まくら結びさだめむ方知らずならはぬ
野辺のゆめのかよひ路——明日香井集

I

別れは、はなはだかなしかつた。

霧のやうな雨がこまかく梢や葉のあひだをくぐりぬけて落葉松の林の中に音もなく降りそそいでゐた。灰いろにしめつた火山砂の径はつめたくつづいてゐた。それははるかなところのやうに、またすぐそばにあるやうに、その林の出口はあちらの方に明るんでゐた。僕たちふたりきりであつた。そして僕たちの足音と、ときをり僕たちの上に梢からしづくする雨だれの音とが途だえがちの会話を縫つた。……僕たちの言葉はちひさい環より外に出て行かなかつた。そこには去年の夏のたつたひとときの追憶がしづかに憩んでゐた。——黄金の無限にうすくひきのばされた箔のやうな、陽にあたためられた空気のなかで、きいた小鳥のうたと、そのときもくりかへし語りあつたほのかな憧憬と郷愁のことと、僕たちを休ませてゐたやはらかな夏草と消えながらとりとめもない雲の形と。……僕たちは明るかつたその日をまたあたらしく言葉に呼んだ。雨のかすかな雫はかうばしく僕たちの身体に降りかかつた。頬も、手も、蔽はれてゐないすべての皮膚はそのつめたい水のこまかい粒を気持よく飲んだ。

——四、五年のあとで、もしお会ひしたとき、けふのやうな気持でお会ひすることが出来るかしら？……だがけふのやうな気持とは、僕が知つてゐたのだらうか、少女が知つてゐたのだらうか？　そのやうな少女の問ひはためらはれてやうやく唇にのぼつたのに、僕は答へもせずにぼんやりと径をながめた。

落葉松の林の出口で僕たちはふりかへつた——とほくあちらの方に林の入口は今は僕たちの立つてゐる場所が今までさうであつたやうにほのかに明るんでゐた。僕たちは溜息をついた、そして僕たちは顔を見合はせた。しかし僕たちはそのままふたたびしづかに進んだ、もう何のおもひもとりかはすのには飽きてしまつたかのやうにすつかりだまつて——

駅に着いたとき、汽車はすぐまへに出てしまつたあとだつた。うすら寒い待合室で、僕は立つたまま、窓の外を眺めたり木理《もくめ》のきれいに洗ひ出された天井を仰いだりどうしてよいのかわからなかつた。少女は固い木の椅子に腰かけてすつかり濡れとほつた裾をいぢつてゐた。

たつた一分ばかりの遅刻が僕たちの別れを三時間もあとにのばしてくれたのだ。しかしその三時間はもう僕たちにはどういふ風につかつてよいのかわからなかつた！

＊＊＊

……汽車の窓で少女は不意にきめたやうに胸に懸けてゐたちひさな水晶の十字架をはづした。それはかの女の掌にほんのしばらくためらはれたあと僕の眼のまへに思ひきつてさし出された。僕はそれを掌にうけた。透きとほつた十字架には少女の胸の肌のあたたかさが不思議な血のやうにまだかよつてゐた。……

汽笛は鳥たちのする哀しい挨拶のやうに鳴つた。僕の片方の掌はその贈物を握つたまま僕は片方の手に脱いだ帽子を持つて一足さがつた。汽車は動いた。僕は一足踏み出して帽子を振つた。滑つて行く窓から顔はぢつとこちらに向けられてゐた。僕たちの視線は、はげしい痛みのやうな切なさで結びついた。それが僕たちの別れであつた。汽車は行つてしまつた！　僕は何を見送つたのか忘れたやうに、しばらく何ものこらない駅の構内をたたずんでゐた。軌条は濡れて光つてゐた、そして鼠色の空が低く眼のまへにかかつてゐた、赤帽が貨物を運んでゐた、それらすべてがあたかも僕の悲哀の標《しるし》のやうに。

僕は雨外套のポケットに預けてゐた掌に握りしめた贈物をそつと離した。それはかすかな音といつしよにくらい奥ふかくに滑りこんだ。

——それが僕たちの別れであつた。……

Ⅱ

ある夏の日であつた
そのとき己は　はじめて　己のなかに
しづかに集つて来て熟れる憧憬の泉が脈打つのをきいた　生れてはじめて
己の外に　花はにほひ　風はそよぎ　白い真昼が訪れた
己はおまへをそのとき見た　ふしぎな未来につつまれて
まつくろな瞳でおまへはそのとき己を見つめたのを

くらい身体の夜を山羊の乳のやうに沈んでさまよつた血が
投げあげられて自由な夢を光のなかにきざみつけ
己はおまへに高められ　おまへは己に担はれ　ひろい世界に迷ひいつた……
清らかな樹かげがあると　己たちはそこに休んだ
小鳥や雲や花がささやく己たちの幸福の讃歌をききいるために
そして　己たちの眼は太陽のやうだつた
己はその日からあとはじめて人間と呼ばれることの出来る生き物になつたのだ

＊＊＊

私は「アンリエットとその村」と名づけたルネサンス風の歌物語のある場所を知つてゐる。私はそのなかにおまへをアンリエットと呼んで一しよにはひつて行つたのだ。歌物語のなかでは美しい魂が浄げな部屋をいくつもつくり私たちを待ちうけてゐた。私たちは、とりわけアンリエットは、白い壁にかこまれた明るい部屋でやはらかな椅子に凭れてその窓から無限に高い青空を深い夜の星空を眺めながら語りあつたりうたつたりするのがすきだつた。しかしそれは大抵は疲れたときだけで、私たちはいつも青空の下で草を藉《し》いて坐つてゐたり高い山の方へのぼつて行つたりした。山の頂に立つて、アンリエットは低いひろい地方を眼のおよぶ限りとほく見わたして、そしてそのかすんでゐる地平のあたりに、私たちのふるさとはあるのだと指さした。

ある夜、私たちは星の光にてらされて、小川のほとりをあそび歩いた。つめたい水が、さわぐのをききながら、私たちは気持よい夜の空気を吸つた。闇のなかでだけ生きることの出来る繊細な生き物たちの気配が身のまはりには感じられた。アンリエットは指を唇にあてて、私にそのひそひそ話を聴くやうに注意した。しかし私たちは風が木の葉をざわめかせて過ぎるのや水が岸に触れたり水たちが嘗めあふのやときどきとほくの方で夜の鳥が啼くのをきいたばつかりであつた。アンリエットは夜の花を摘むと花環をつくつた。それは月の光で出来たやうな淡い色の花びらだつたので、それがかの女の髪に飾られると、私たちは或るときは黄いろとおもひまた或るときは青だとおもつたほどだつた。

しかし私たちが夜のなかをさすらふのも、それはただあの朝やけを見たいのみであつた。囀《さへず》りにみちたさはやかな潮風のなかで星の光を追ひながら帰つて来る光と束の間にうつろふ激しい色との一ときの時の供物を――。

＊＊

アンリエットの身体は音楽でつくられてゐるのではないかと私にはいぶかしまれた。私の掌とかの女の掌とが結びつけられ、私たちの腕の輪が互にからみあひ、たつたひとつの心臓がふたりに血を運ぶときに、それは何とあたたかにやわらかくかうばしい身体なのだらう！　私はそのなかに沈むことが出来る、私はその身体の重さを知らない。そして私たちのさまざまの貴い瞬間は運命なしにとどまるのだ。アンリエットの身体はすべてのほほゑみを私の身体中に注いでくれる。私が幾ら飲みほしても、蝉が樹液を吸ふやうだつた、それは尽きずに、また尽きることすら考へられないこころよさなのだつた。私たちは無限にゆたかなうれしさを紡ぎ出す。そしてそれらはひびきあつて顫へながらたつたひとつのものに溶け去つてしまつたのだ。……

Ⅲ

夏のはじめの雨の多い季節の一日の、僕たちの別れ。

それは、しかし、僕がアンリエットと呼んだ少女との別れではなかつたのだ。しかし別れて行くときまで、その少女は信じてゐた。自分がアンリエットなのだと。そして夢よりほかの場所にどうしようとすることも出来なかつたそのアンリエットは「二人の天使の話」を僕が「アンリエットとその村」をつくつたやうに自分の夢の世界に持つてゐた。

……夏が一日一日ふかくなつて行つた。――その別れのあと。――僕のうちに営まれてゐる日々。

それは私のアンリエットのために、鮎と名づけられたひとりの少女のために、時のなかで捧げられた日なのだ。

私のアンリエットのための日々がその信じられたアンリエットにとつてどんなにむごい裏切りだつたことだらうか。鮎がやがて僕を裏切つたやうに！　そして僕がそれに耐へたやうにあの少女はどこでそれを耐へたのだらう？　耐へるよりほかに何が出来たであらうかと、別れを呼んではいけない！

美しい思ひ出だつた
みんな清らかなことばかりだつた
山もやさしかつたし　雲も笑つてゐた
小鳥たちは愛らしくうたつてゐた
たうとうおしまひの日が来たといへ……
これ以上物語をつづけることはなかつたのに
つづけて　そしてどうなることかしら
私が物語を語りつづけなくとも
みな誰でもがそれのをはりを語つてくれるでせう

二人の天使に神さまのひとつのたつたひとつのほんのちひさな贈物が「思ひ出」
　といふ名だつたことを――
神さまからの贈物ともしたら
ああ　それは何とちひさな贈物でせう！
人の世界で言つたなら　それは「忘却」といふものよりはずつと悲しいのに。
涙といつしょに
美しい思ひ出の花よ！
永遠にその美しい世界のなかのあなたと私とを
とどめよ！　いつの世にか
清らかな美しいものがこのやうにあるだらうと
私はそれを誇りながら……

僕にそんな手紙を書いて来た少女をそれで慰さめることが出来るとでも信じたやうに、僕はちひさな詩を「花散る里」と名づけて書きおくつた。水晶の十字架のお礼の心までそれにはこめて……そしてたつたそればかりで僕には何の悔いももう残りはしなかつた。――僕はたやすくさう信じこんだのだ。
ただ僕の日々は楽しい影と光の溢れた高原の村で「アンリエットとその村」を幾た

びも描いてはまた描きなほして、どうにもならないほど、待ちくたびれてゐたのだ、僕はたしかな約束でもしたやうに、おそい鮎の帰りを。そのやうなをり、僕はかの女との別れをさへ描いてみた。しかしそれは短い別れとしか考へられなかつた、過ぎた秋、一年あとにこの村でまたくらす約束をして次の夏を信じながら別れたあの別れのやうにしか。……そしてまたあのころ夜が来て家に帰らねばならない時刻となつて別れたあの短かかつた別れのやうにしか！

　僕はその日々のなかで「二人の天使の話」を自分流につくりかへた。ふたりがめいめいに持つてゐたうすい水色の翼とうすべに色の翼と――その水色のひとつは言ふまでもなく僕に、そして自分のために少女がつくつたうすべに色のもうひとつはその少女からとりあげて僕の鮎の背に、つけられた。…ああ何といふ美しい物語だらう！　かろやかな翼のあるふたりが、白い小さな鈴をつけた花が甘く優しく咲きにほひ、赤い木の実がころがつてふざけまはつてゐる、滑らかな丘の斜面《なぞひ》で子供らよりも幸福にあそんでゐるのは。すべての羽虫たちは草の葉の上にたまつた露をのみ、親切なそよ風に連れられてまた高く高く舞ひのぼつてゆく……しかしそれは同時にひとりの少女には何といふむごい物語なのか！　僕は鮎のためには何もかも奪つてさへ捧げるほどに狂つてゐたといつてそれがゆるされたことだつたか。僕の心臓には、美しいと見えたその物語の言葉の数より多く、おそろしい針のやうな棘が生えてはゐないか。

真昼の白い幸福な豚となるよりも
夜の盗人のおののく怯《おび》えの友となれ!

と、たとひ僕がうたつてくりかへす日に住むとも。

**

しかし私のアンリエットは私のアンリエットではなかつたか。それならばまたその自分に信じたアンリエットはアンリエットであるゆゑにふたたび僕のなかにアンリエットとなつて生きねばならない。ここで僕はもうその名でひとりの少女を指すことは出来ないのだ。私のアンリエットとそのアンリエットと。僕にそのふたりの少女が区別されてはならない。僕のなかにはいつてそのふたりの少女はひとりのアンリエットとなつたゆゑに。このひとりのアンリエットとはだれなのか? 僕の外にアンリエットはゐない。僕みづからが「アンリエットとその村」の場所でありアンリエットは僕のなかにはいつてのみアンリエットであるゆゑに。それならば私のアンリエットとはだれであつたか? いひかへれば僕のなかの空虚な部分にそれは名づけられたのではなかつたか?……たはむれと真実はここでは分けられない。あの歌物語をルネサンスびとの一人となつて僕が綴つた世界に住んだゆゑに。これは言葉のあそびだらうか、一体何の人工のかなしい果てだらうか……僕は少女を失つたにすぎない、だれでもいいアンリエットひとりをあざやかに僕のなかに生かしたかつたゆゑに。そして僕は少女らをさうして失ひながら鮎の帰りを渇ききつて待つてゐた。だれが帰るのかをありありと思ひに描いて、その再会をこの上なくたのしくながめ。昔ピグマリオンが自分の巧みな人工で愛人を得たやうに、僕は自分の人工のために生きてゐた少女らをただ冴え冴えとした輪廓だけをのこし消してしまつたのだ、その場所で僕は恋を言つた。鮎よ！　おまへの身体さへ私のアンリエットを埋めつくすわけにはいかない。おまへの掌を僕の掌に持つたことなくましておまへの唇は僕の唇に触れ得なかつたゆゑに。臆病な僕はただふしぎにみちたおまへの身体の秘密のまはりをおどおどと飽きずに歩きまはつたゆゑに。これは恋のこころではない、きつと涙とあこがれのふかい淵に堕ちた心だ、すべてのものを壊しつくしてやまない、すべての上に漂ひたいとねがふ、まなざしだ！　ああここでは何と空はとほく高く逃げてしまつた、僕の吸ふ空気の何と薄いことだらう！　失ひも得られもしない。千の絆よ、帰って来い、鞭うたれれば血の迸《ほとばし》りやまない身体の汚れに、僕よ、あれ！　行為よ、泉に就て、決意に就て、もののたたかひとふたたび別れに就てすら！

**

「草まくらむすびさだめむ……」の歌の心をはだかに詠めるソネット

〔――雅経の歌による　Nachdichtung〕

己はさびしい野に立つてゐた
白い鞠のやうな大きな浮雲や
よそよそしい　ささやいてゐるざはめきや
へんにきらきらとする空があつた

土よ　水よ　木よ　かはいい花よ
鳶色よ　緑よ　紫よ　黛赭《たいしや》色よ！
さようなら　おまへたち！　己は長いこと
草の上にすやすやと眠つてしまつた

いろんな夢をとりとめもなく見たが　なんにものこらない
己の心と運命とは　ちぎれちぎれに
奇妙な方角に　出かけてしまつた！

みたされもせずに　みたされることを知りもせずに
己の心はさびしくふるへる草をながめる
――一体どこから来て　だれが　行くのだらう？

Ⅳ

僕といつしよにくらした人びとのために、ただ高原の夏の日常のかたみに、僕は「鳥啼く夕べに詠める歌」といふ擬詩《パロディ》を書いた。そんなものがその友人たちのためにあるとおもつた者はおもへばよい。

僕は善い彼らのために十分にたのしくさへあつたのだ。感謝をもつて！

僕はそのひとりに僕の青春の秘密を叢の上にねころびながら絵そらごとをでも語るやうにして聞かせたこともあつた。(なぜそんなひとりが、選ばれたのか！　だれも知らない。)「アンリエットとその村」といふ大切な歌物語までかくしはしなかつた。それはきつと「村のロメオとユリヤ」や「ポオルとヴイルジニイ」やテオドオル・シユトルムの物語のやうに聞かれたのだらう。どんな風にしてでも言葉はひびかせられた。それはそれよりほかにない、いつはりとは髪一すぢのあやふい尖らされた場所だつた。そしていつはりは白々しくみなほんとうだつた……

そんな僕を打倒すには、ひとつの手紙でそれは十分だ！　鮎は僕に突然告げてよこした。——かの女の結婚と、結婚の次の日に夫の手で僕のすべての手紙が白い灰にされたことを。かの女もやはりその手紙のをはりには、清い美しい思ひ出のなかにいつまでも生きてゐたいと書いてゐた、それはあたかも裏切る者はいつでも裏切られた者の心のなかに思ひ出となつてちひさくかなしく花咲くことが出来るのだと信じてでもゐるかのやうに。

その不信と裏切りとが不意に僕に村の絵をかへた。そして見た、僕の空虚と呼んでゐた場所を除いて僕のすべてが鮎のために烈しく燃えつづけてゐたのを、そのときはじめて。僕は粗々しい苦悩に灼かれながら、そんな景色に裸にされた僕の眼をさらしつづけた。——どんよりとした青空、かすかな煙を片方へ靡かせてゐる火山、ふかい木立にかくされた山峡の水源地、ながれ、丘……ある日、僕は二、三の友だちと明るい林のなかを歩きまはつてゐた。出来るだけ記憶にない径をばかり選んでゐるうちに、迷つてしまつた。丈の高い草を分けてやうやく出たのはひろい林道だつた。僕らはゆるやかに傾いてゐるその道を下つて行つた。道の上にふかい轍のあとと、馬の糞とそのそばに二、三本の細い茸と、林のなかの水蒸気の多い空気と、それらが僕に過去の何でもないひとときを描きはじめた——そのとき、僕は鮎とこの径を行きながら、何かこの径にふさはしいよい名をつけようと考へたことを、そしていくつも名を言ひながらたうとうきめずにしまつたことを、そしてそのとき鮎は菊の花の絵を描いた紫がかつた色の着物を着てゐたことを。……僕の心臓はきつく締めつけられた。僕は何か真黒な絶望のやうなものにつきあたつた。僕は急に無口になつた。額の上に一切の記憶がずり落ちて来た。僕は手錠でも嵌められた人のやうに無器用に歩きながら、ぢつと他人のそれを見つめるやうに、自分の苦痛にながめいつてゐた……

＊＊

僕は、その村で得たすべての友人を捨てた。どんなに意地わるく、ずるい仕方で、それらの人を捨てたか！　親しかつた友にほど、それだけはげしいにくしみをこめて。みにくくそつぽを向いて。

そしてたつたひとり僕の青春の秘密のすべてを聞いてしまつたひとりの友にばかり凭れるやうに頼つて慌しい旅に出た。

……旅の先々で、何と奇妙な乾いた声をして、僕はその村の記憶をふりすてようとしたことか！　僕さへ忘れたなら、だれも知らない、何がきづかれ、何が崩された、あの村だつたか、と。

真青な海と明るい光のなかで僕はその友といつまでも旅をつづけてゐたかつたのだ。見知らぬ国々のはじめて見る珍しい風景や獣や花のためにではなく、その友の心のかげにやうやく休んでゐる僕の姿を慰さめながら、……寧ろ眼にうつるものみなに憎しみをもつて！

それが、僕の二度目の別れであつた。

V

山の中腹のそこが小高くなつてゐる「めぐりあひの丘」にまでのぼると、僕らは平らな大きい石を見つけて、そこに腰をおろした。一面に灌木のしげみばかりで、叢も樹かげもなかつた。そして弱くなつた日ざしは頭の上からてりつけながら、もう暑いといふ程ではなかつた。僕らはそこで持つて来た弁当の籠をひらいた。たのしい屋外の食事をしながら、僕は少年に僕のつづけて来た旅のはなしをきかせた——暑い涸《かは》いた曠野や、古代の大きな寺院や、天蓋のうへに音楽を奏でてゐる可愛い天女のことや、きれいな海の底まで澄んだ青い色を。僕には全くふしぎであつた、僕はそれらのことを、銀色のかろい雲の柔毛のやうな言葉で出来てゐるファースや若い母が夜のなかで語るメエルヘンの言葉のやうにして言つたのだ。傷ついた僕が一しよう懸命に耐へることしか考へずに生きて来た日々が、優しいかろやかな水の上の音楽となつてとほいとほい昔の絵のやうなきれぎれな色どりにてらし出されたのだ。……僕は、飽きることなく語りつづけた、その海の上をてらす月の光を、泡沫を、潮のながれを、投げられた葉つぱがとまらないことを――そして僕がふたたびこの村に帰らうと思ひついた日のことを、そして僕はだれにも咎められずに、いたはられもせずに、いつか秋になつてしまつたこの村で奇妙な落着きでくらしはじめたことを……。

少年は、方々から香のつよい草や木の葉を集めて来ると、そこが僅かなかげになつてゐる灌木のしげみの蔭に臥床をつくつた。その枕もとにはどこから摘んで来たのか梅鉢草が二花三花ほど飾られた。そして身を横たへて、少年は僕の方に向いて何か言ふと、しづかに眼をとぢた。いつの間にか彼は牧童のやうなあどけない口を心持ひらいたまますやすやと寝入つてしまつた。

僕は籠の底から丁寧に蔽ひ隠した一束の手紙を取り出した。よみかへしもせずに、ひと四五通づつそれに火をつけた。焔は立たなかつた、白い紙が甘たるく焦げるにほひと一しよに黒くかはつて行つた。ほてりが僕のそばをとほつて、大きな光のなかに溶けこんで行つた。……その熱のために反りかへる紙の上に、僕はしばしば見たのだ、さまざまの標を。しかし僕の心は乾いてゐた。何かを思ひ出しながら、それはみな一様にくろくただところどころ白つぽい鼠色をまぜた灰になつて、聞きとれない程ちひさい音を立てて消えた。——忘れるよりほかに、何が出来たらう? 鮎は死んでしまつた! なんの形見もなく。

僕はひろいひろい景色を見た。そしてそのなかにゐる僕を見た。

麓の落葉松林では隕石のやうにキラキラする風が笑ひながらざはめいて過ぎた。

僕は気のとほくなるやうにとほい地平線を見た。そこではすでに季節が移つてゐた。そして秋なのに、ただY岳ばかりは夏のころのやうに自分自身の湧き立たせた白い雲に包まれて立つてゐた、それには何かの寓意でもあるかのやうに、そしてまた何の意味もありはしないかのやうに! その場所を除いてすべての山はこまかい皺までを落着いた光のなかにはつきりと浮ばせて正しい遠近法をまもつて憩んでゐた。

僕は足もとにきづかれた灰を杖の先につきくづした。石の上では杖は低く金属性のひびきで鳴つた……眠つてゐた少年は眼をひらいた。

「さあ!」と僕は言つた。「もうおりよう。」——その杖の音があたかも少年を呼びおこすための合図だつたとでもいふやうに。

僕はもう一度僕を見た、そしてはるかな麓を見た。——あの高い高い空の色と横たはつてゐる林の色とを区別するのはだれだらうか、そしてあの陽にてりつけられた緑のうちに無限の色あひをながめるのはだれだらう!

Ⅵ

山をくだつて来ると、見馴れた村は僕に見知らぬ景色にかはつてゐた。斜めな陽ざしをうけて、長いかげを道の上に引いてゐる樹木や家々の姿が、微妙な光に彫り出されてそれは陽気なしやれたものにおもはれた、長い重い夏の日を僕が何度も歩いた道のどこにこんなものが隠れてゐたのかとふと楽しく疑つたほどに。小石さへも長いかげを引いてゐた。しづかな短い草がそこにはあつた。……そんなとき、僕は前から思ひ描いてゐたことのつづきのやうに、しかも全く思ひがけなく！　道のほとりに立つてこちらを見てゐる少女を、その景色のなかに見出したのだ。鮎だつた、黄いろな着物の、あのころの姿とすこしもかはらない鮎なのだつた！　偶然と言つてもいい、僕に運命を与へたもののファンタジイのたはむれと言つてもいい。しかしそこには謎めいたものがなかつた。僕の心臓はすなほに激しく打ちだした、今まで打つことを忘れてゐたのを気づいたかのやうに——

（おこつていらつしやる？）（いいえ、ちつとも……）（……）（僕は海を見て来た、それはすばらしかつた、僕は旅をして来た！）（私たちは今どんな風にしてお会ひしてゐるのか知つていらつしやらないのね。いいえ、いいえ。なぜそんなおはなしをなさるの？）（そしてひとつの岬であの花を見た、それはここに咲いてゐるやうな淡い花ではなかつた）（なぜあなたはおこつて下さらない？　私がどうなつてしまふかわからないくらゐに。それはあなたのやさしさでも何でもなくてよ。なぜあなたは私を見ていらつしやるのにそんな青い海を見るやうな眼をなさるのだらう？）（おまへはけふもやはり僕があのころしてゐたやうに羊飼と娘の物語や星の物語をするのを待つてゐるやうな眼をしてゐる。しかしもう僕にはそれが出来ない……）（……あなたはなぜほんとうにおこつて下さらない？　どうしてそんなにしづかに私の方を見ていらつしやるのですか？　白い鳩が私の肩にとまつてゐるのですか？　それとも私をお忘れになつてしまつたのですか？）（おまへは死んでゐたのだ、だが、死と別れとはちがふのだらう。おまへがそんなやさしい眼で僕の眼を見てゐても僕の心のなかを覗いてゐてもおまへにはおまへの死はわからないのだらう？）……僕たちは黙つたままで幾足も幾足も歩いてしまつた、僕にはみなわかつてゐた、こんな時間のことが。僕はそれをはじめて会つた日にすら用意してゐた！　それをおもひ出さずに。今、それをおもひ出した、しかしそれが何にならう！

やつと僕は鮎にしあはせかどうかとたづねた。その答は、どうかわからない。しあはせなのか……それともふしあはせなのかも知れないと言ふのだつた。僕は、悲しみのためにあはれにも瘠せほそつてしまつた少女の腕を空想した、それをたしかめたいとおもつた。そのとき鮎はちひさい獣のやうに身をひるがへして僕のそばを逃れた。鮎の家のまへに僕たちは立つてゐた。戸が重く開いてまた閉ぢられた。さよなら！　の言葉もなしに。

僕たちは別れた。

＊＊＊

僕は、村はづれの、そこで道がふたつに分れてしまふ、叢に腰をおろして、ぼんやりとA山の方をながめてゐた。たつた今、この眼のまへに、この心をあんなに波打たせて、立つてゐた、そして今は自分と三百メートルも離れてゐない場所のひとつの部屋に、僕の知ることの決して出来ないおもひをおもつてゐる、鮎！　それだけが僕の考へを超えて、僕の考へをどぎつく押しすすめてゐた。しかし、僕は、たしかにA山だけをながめてゐた、それだけだつた。そして、A山は僕の眼のまへで夕ぐれ近い空に、何の前ぶれもなく音もなく小爆発をした。羊飼の手を離れて空にのぼつて行く緬羊の仔のやうな噴煙——そんなことを考へた。「汝《なれ》は牧者ぞ……汝《なれ》にゆだぬ、み空の鍵は！」そんな言葉をずつと前に「花散る里」といふ詩のなかに書きつけたことを考へた。

これでいいのだらうか？　だがこれでいいのだらうか？……僕は、鮎とただひと目会つた、そしてみじかい言葉をかはした、といふばかりのよろこびが、その苦痛のかげに高まつて来て、そして苦痛は自然な甘い憂愁にかはるのを、ぼんやりと手もつけられずに見てゐた。黄昏が迫つて来た。

僕は、分かれ道を北の道にえらぶと、ずんずんと前の方に進んで行つた。村の境に出、それからまたもつとほくに出て……。何があつたのだらう、長かつた村のくらし。そして今、何かあつたのだらうか？　そして今、何かがをはる。……きつと、そんなことを低くゆつくりと考へこんでゐた。ずんずんと歩いてゐた。……熟れない木の実であつても、投げあげろ、もぎとれ、もぎとれ。……くりかへしくりかへし意味のない呟きはだんだんと口に出て、嗄れた調子でうたふやうになつた。そして、ずんずんと前の方に歩いて行つた、をはつたのだらうかと、あたかも何かを仕上げようと努めてゐるかのやうに、その物語めいた自然なひとときにまだ何かをつけ加へようと悶えてゐるかのやうに！……

結びのソネット

溢れひたす闇に――暁と夕の詩・第七番

美しいものにならう　ほほゑむがよい

涙よ　いつまでも　かはかずにあれ
陽は　大きな景色のあちらに沈みゆき
あのものがなしい　月が燃え立つた

つめたい！　光にかがやかされて
さまよひ歩くかよわい生きものたちよ
己は　どこに住むのだらう——答へておくれ
夜に　それとも昼に　またうすらあかりに？

己は　嘗てだれであつたのだらう？
（誰でもなく誰でもいい　誰か——）
己は　恋する人の影を失つたきりだ

ふみくだかれてもあれ　己のやさしかつたのぞみ
己はただ眠るであらう　眠りのなかに
遺された一つの憧憬に溶けいるために

津村信夫

愛する神の歌

小扇

嘗《か》つてはミルキイ・ウエイと呼ばれし少女に

指呼すれば、国境はひとすじの白い流れ。
高原を走る夏期電車の窓で、
貴女は小さな扇をひらいた。

矜持

とまれ、一つの矜を持つことは、
橋や建物は、ときに奇妙に冴々しい影を落す、川波に、地の面に。
それに見入るのは私だ、私はいそいで衣服を脱ぐ。
あらはな胸に白鳥をだき、その羽搏《はばた》きに、耳を藉す。
問ふ勿れ、ひとよ、
かくも明らかに鼓動うつ、このひとときの私の曠衣《はれぎ》の心を。

ローマン派の手帳

その頃私は青い地平線を信じた。

私はリンネルの襯衣《シャツ》の少女と胡桃を割りながら、キリスト復活の日の白鳩を讃へた。私の藁蒲団の温りにはグレーチヱン挿話がひそんでゐた。不眠の夜が暗い木立に、そして気がつくと、いつもオルゴオルが鳴つてゐた。

鴉影

活火山の麓で時間があまりに私達には明るすぎる。
白樺の椅子に雲が影を、影には昨日がたたずむ。
少女が、少女の跫音《あし》が明確に私の心の梯子を降りて行く。
落葉樹に私は鴉影を認めた、(私は語彙《ゐ》を持たない。)
夕映が落葉松《からまつ》の林を染める、私は文字を忘れた。
夕方、それに何の不思議があるものか、私は発熱する。

可愛い妖怪《トロル》

少女よ　お前は成長を知らない。
夕暮れがすつかり白樺の小径を化粧する。
もうお前に残つて居るものはランプの下の縫物と夜の御祈禱《おいのり》
少女よ　今夜はマリヤ様になんとお祈りを捧げるのか。百舌が林に鳴く頃にな
つても、もうあんまり不幸な目には逢はぬ様に、谿間《たにま》には美しい物語《ロマン》が落ちて
ゐる様に、鹿の感情がいつもながらに優しくそれで居て眸に憂愁《うれひ》の波紋がある
やうにと。
そして小声でつけ加へるだらう。
「シンネヱヴヱは何日になつたら樅丘《グラリンデン》に嫁《ゆ》きますか」と

少女よ　お前可愛いい妖怪《トロル》。

（シンネヱヴヱとはビヨルンソンの小説の女主人公の名称）

夕方私は途方に暮れた

夕方、私は途方に暮れた。
海寺の磴段で、私はこつそり檸檬《れもん》を懐中にした。
――海は疲れやすいのね。
女が雪駄をはいて私に寄添つた。
帆が私に、私の心に還つてくる、
記憶に間違ひがなければ、今日は大安吉日。
海が暮れてしまつたら、私に星明りだけが残るだらう。

それだのに、
夕方、私は全く途方に暮れてしまつた。

銅版画

これはもと、古びた女《をみな》の糸紡歌か、或《ある》は今日の日の私の嘆かひか。

薔薇《ロージエ》の木の影がして、私の卓の上にのせられた珈琲茶椀。

――いつの日か、和蘭《おらんだ》の船つきて、いつの日か、うちつれて鷗の歌と共に。

さう歌つた少女の悲哀を、その悲しみをそつくりもらひうけるとしても、恥らつて、つとふせた瞼のまはりのあの密林を、私の愛惜をすらとゞめないあの色濃い密林は………。

窓をあけよ。衰へを見せた葉鶏頭の蔭を、家禽が走る、家禽が走る。あの短かい脚を見せて、ああ、家禽が走つて居る。

父が鋏をもつて

夕食前に父が鋏を持つて椿を折りに庭に出た。新婦の姉が白いテーブル掛にしみをつけた。椿があんまり重たさうだと私が云つた。食事が始まる。父の影法師、姉の――、私の――、そして椿の――。思想が影にへりをつけた。蒩《たほこ》が片隅に黄色く屯《たむろ》した。新婦はむせて口に紛悦《てふき》をあてた。
私は小窓を少しひらいた。「春の夜や二階三階燈をともす」。

咳

人参を煎じて居るお母さんよ。
自鳴鐘《オルゴオル》が今夜は花嫁の唄のやうに響きます。
春の夜は燭をともして綺麗な蒲団を出しに行くのにもよいが、かうしてあなたと向ひあつて世間への色々な苦情や愚痴をあからさまに打ちあけたり、目の遠くなつたあなたの陰気な咳をなつかしむだけでも、たくさんではありませんか。冬菜のやうに弱々しいあなたの咳が人参の湯気にまじつて、自鳴鐘が唄ひ終つた、ひとときの私の純潔を誘ふのです。

雪《スノウ》球《ボール》

雪を踏むと私の目がひらいた、私の瞳孔にうつる雪は蒼かつたね。そこはかとない日《ひ》光《かり》。屋根瓦の上に渓流があつた。私は雪を手づかみにして建物の蔭に投げた。飛び散つて行くものを、溶け散つて行くものを、私の今日《けふ》の日の願望。

庭の泥濘《ぬかるみ》は僅かに白い塊を残して、その上を黒猫がとんだ。細い留針のさきが光つた。それを把へようとして私は空気のあの震ひを知つた。

旅装

水車の音が、いつか私の耳に馴染んでゐた。私は旅にゐた。行くさきざきの街で、私は水筒に水をつめた、青い押し花と一緒に。夕暮が遠くで旗をおろしてゐた。愁《うれ》はしい少年を見かけた、美しい絵カルタを繰るやうに、掌《つれ》の上で私は銀貨を算へた、（銀貨は薔薇《ばら》にもかへられる）郵便局がなつかしかつた。情なかつた人々にも便りをしたためた。稀には梨の皮に詩を書き綴つた、故里の街と母を忘れないために。

山麓に宿つた。もう林檎の花盛りはとつくにすぎてゐた。月明い夜、まさしく私は噴火を見た。

臥床

或る日　花芯が恋しかつた。

桜の木の下で、少年が球を投げてゐた、それが私には、はつきり見えた。
ひろげられた私の病歴簿、婦の手はいつも冷たかつた。
桜が咲いてゐるのに、牛乳が毎日配られた。
「牛乳をお飲みなさい、お薬だと思つて。」
私は口をひらいた。私の蒼い咽喉。
しきりに花芯が恋しかつた。
球を投げた少年の姿勢が崩れた。翳つた私の病窓《まど》。

養蜂

人はこの気候《クリマ》のもとで、疲労の美しさを知る。
七つだと云つた、だのに今日は九つだと云ふ、その子供が小さな箱を持つてゐるあけて御覧よ。――いやだつてば。

襯衣着の背中がびつしより濡れて、その下にあの皮膚が透いて見える、あの桜坊色の皮膚が。ああ、この桜坊の種族。空気層が軽いので、会話が透明だ、その透明が、やがて恐ろしく思はれて来る。

――あけて御覧てば、強情張り。

百日紅が咲いたのだらうか、いいやさうぢやない。蜜蜂の群がさつと飛びたつた。

花樹

ドビュッシイが私に嘗つて庭を与へた、私はこの庭にながらく住まへるであらうか。音楽は私にひとつの散歩で、果しない、疲れをさへ知らない散歩で、いつのまにか樹のもとに来てゐる。花ひらく。私はその花樹の下で多くの言葉を知る。人の心を知ることは、その心を把へることは……その絶望が私を駆る、私は言葉を把へる、山鳩をとらへるやうに、言葉は、また時あつて、山鳩のやうな可愛いい音をたてる。

春の航海から

港に蝶がゐた、私の胸に花の動悸が。(晴れた日の四国の山脈が焼けてゐる)。老いた船が纜《ともづな》をおろした。桟橋に人が群れてゐた。物売の声々、女の子が蜜柑を売りに来た。長い柄のある網に入れて、(四国の蜜柑には緑葉がついてゐる)。女の子の顔に黒子《ほくろ》があつた。私はいぶかつた、春の大空にも黒子《ほくろ》があると。海で潮が光つた、五色のテープを投げた。私の感傷、私はノートに書きつける。

「高松の港に蜜柑《みかん》ひさぐ娘《こ》は……」

四国の山脈の野火が遠ざかつて行つた。

私は遠目鏡を出した、私の胸にも、釦《ぼたん》の上に蝶がゐた。

昧　爽

私は夜が信じられない。その黒い手袋が信じられない。夜のうちに、人の意識は無くなるものか。

寝台《ベツド》の上に居るのは、あれは私の母である。昨日は私と花の交感を持つた、あのははである。私はそつと手巾《ハンケチ》を握らせる、その掌《たなごころ》に、その想ひに。

――お母さま、梅の花が咲いて居ります。白い鶴は居なくとも、気位の高い、梅の花が咲いて居ります。

昧爽《よあけ》、私は試験管に又血液を見るだらう。ははの血を見るだらう。

馬小屋で雨を待つ間

これはまた、もつけの幸ひだ、私の傍に少女がゐる、そのふちの広い麦藁帽子に、蟬の歌がしみついてゐる。少女が青い草と指切りをする。

――今夜はいいだらう。

――今夜は駄目よ。

――チヨコレートを飲んでおおき、眠くならないやうに。

すると、また首を振る。

もう霽《は》れたのか知ら、馬の顔が表はれる。脚があらはれる。

少女の膝の上にきちんとたたまれた、ハンケチの縫取の美しい絵。「ロメオとジュリエット」。

花にとけた鐘《アンヂエラス》

私は、ひたすら静謐《せいひつ》を求める。麦の伸びる夜の古い鐘《アンヂエラス》。

私は針撫子の鉢かげに、身を横たへて、日本の暦を繙《ひもと》いては、美しい言葉を探しあてる、いくども、いくども、口の中で繰返へす、と、少女がはいつて来る。

——電燈を、もつと明るくしませうね。

風が夜の匂ひを孕んでゐる。壁が胡桃色に見える。鐘と鐘の間に、何が残るのか。

楽しかつたね。——ああ、ほんとに楽しかつたよ。

私はひたすら静謐を求めて、現世《うつしよ》で、たつた一人の少女を想ひつづけて……

雪の誘ひ

昨夜の雪が私のフライ鍋に積つた、さてもまた悲しい異邦人《エトランジエ》。
冬の太陽の下で、小さな手足が背のびをする。
私の冒険《アヴアンチユル》——。

でも、なんでもなくつてよ、さう、なんでもないんだよ。
鴉の喉に聞いてみたら、ああ、太陽がちつぽけだ。
雪の上で、あんなに、ささやかな喜びが、まあ、こんなに大きく思はれる。

雪と膝

雪の日、姉は膝をだいて、私の瞳になにを読んだか。
お前は恋をしたのだらう。
あわただしく落葉のやうにあわただしく、私は手紙をしたためる。雪の日の街に出る、
赤いポスト。
落葉の上を行く、鋪道の上を行く。
鳴らないピアノ、鋪道のピアノ。
マドリガル、私の恋歌《マドリガル》、火のつかない私の煙草、
（海峡を見たか、あれから。私は海峡を、見た　はたして。）
雪が来る、雪が来る。雪は時間《タイム》の上にとまる。

山脈地方の手紙

夕方よりも早く、したためた手紙が生憎の雨に濡らされてしまつた。

——私のもの、私の母、私のもちもの。

午後は、ほんとにお天気がよかつた。私の爪色もあかるく、そして、あの無蓋《むがい》馬車の上では、
それは誰もが憶ひ出すものだが、旅路の初めに、そして旅路の終りに口ずさむ唄。

夕方よりも早く私がしたためた手紙。

驟雨《とほりあめ》がその封筒を濡らして過ぎた、そして既に黄昏《たそが》れたこの封筒のなかは、私のものではない。

OLD SONGS

約束のやうに池畔にたつて。

私は暮れ行く夏と、今ひとつのものを見送つた。水の面に私の今日のひと日が映つてゐる。

林間に遊んでゐる髭《ひげ》の白い山羊の群。母乳のやうな日光をなめてゐるのか、だが、私はお前も無心とは思はない。

やがて、赤くお腹をぬられたボートが水の面を行く。そのゆるやかな滑り、私の時間もかくは静かに過ぎて行つたか。

誰れかが私に云つてくれる。

――さあお前のオールをお借し、それは私のものだ。

林間地

耳鳴りがやんで、林が日に日に変色する。

駒鳥は来て鳴かないか、林の文づかひは来ないか、もうその唄は種切れか。

午後の日、山脈を語れば、山脈のつきるところに、遠い雷を聞く。

あの一枚の青いレッテルのやうな乗合自動車はラッパをならして、友は、私の友は去つて行つた。

養魚池のひとめぐり、草の葉が、スコットランドの民謡を吹いてゐる。

ETUDE

秋が来たら、ああ、それは小さな街の何処にも木洩《こも》れ日の美しい、蜂蜜の潤沢な……。

この約束を私は疑はない。また去年《こぞ》の旅を続けよう、去年《こぞ》の日の私の思念《パンセ》のなかでは、ほんとに小さかつたあなたと。

そして、旅に出たら、ああ、この不可思議な星のもとで生れあつた私達は、落葉を見る。

並《なら》べあつた肩の上を軽く敲《たた》く落葉を見るだらう。

日　記

午前の出来事。

谿間《たにま》の小径で、しばらくトキ色の衣服が動く、——さやうなら、お母様、おかあさまの声が、ここまでよく聞えてよ。

それから、また何か云つたやうだ、それは清々しい、感傷を知らない谺《こだま》となつて……。

今朝の私の食卓では、西洋人の好む、花のお茶、茶椀のなかで花弁がひらかない。

これで二度目だ、また、夕べの散歩の帰りに、お祖母様の許《もと》に夜噺《ばなし》に行くジヤケツ着の少女に出逢つた。それは私の過失か、暗がりのためか、手袋をその小さな手と間違へた、私の答へを待つ間もなく、夜鳥が飛び立つた、私はズボンをはたく。

――あら、お莫《なこ》？ 山脈《アルプス》のマツチをおつけするわよ。

夕べの出来事。

孤児

声が非常に美しい娘であつたから、死床の父がささやいた。

――御本《ごほん》を読んでおくれ、お前の声のきこえるうちは私も生きてゐたい。

娘が看護《みとり》の椅子に腰かけて頁をきり初めると、父は、いつの間にか寝入つてゐた。

孤《ひと》りになつてからも、あるひは、父の生きてゐた間も、娘は自分の声の美しいことが一番悲しい事実であつた。

晴夜

星のちかい山の小都会で、娘は病ひに臥《ふ》せつてゐた。

天《そら》は、いくたびか雪を降らせた。

それから、幾夜さか、晴れた天《そら》がさしのぞかれたが、屋根の積雪はかたくて、もう月光《ひかり》をも透さなかつた。

老母は時折、窓をあけて、屋根の上の雪をかきあつめてゐた。

羽搏《はばた》くものがきこえた、娘は雪のつまつた、枕をして、胸の上で、静かに、また、手を組みあはせた。

雪のやうに

吹雪いてゐる車窓によつて、私はウイスキイを飲んだ、小さな瓶の底に私の青い頰が映つてゐる。

(雪の弁は私の口唇をしめし、瓶を濡らす)

病む女性《ひと》は、つと立つて来て、私の耳もとに囁やいた。

……と、美しい容《かたち》は消えてゐた。

汽罐《かま》車は屋根の上に雪をのせたまま、日の昏れ方の、高原の停車場についた。

ある雲に寄せて

それは、私が高原のあたりで見た雲であつた。

おしやれな雲が村落の午後の空を流れてゐた。

村の端づれで、娘が紅花を口にあてたまま水筒に水をつめてくれた。別れるとき、花弁をこまかくかみちぎつた。行きずりの私の心はあわただしく、また、未だ雪の輝やいてゐる山脈を背にした。

思ひ出さうとした。だが、あてどがなかつた。

道みち、あるくたびに、腰のあたりで、水筒が音をたてた。

私は、想ひを、歌を、せめて美しくあの花にまねて、口唇にのせてみた。

抒情の手

夏のいやはての日娘たちが私に歌つてくれた。

美しい日和は　あと幾日つづくだらう。夏の終り、日のをはり。

人は去る、私達のさしのべた手、優雅に、又うち戦き、人は去る、またの日の想ひのなかで。

空なる馬のいななき、うち振るたて髪に、「秋の歌」が聞えるやう。

美しい日和は、ほんたうに幾日つづくだらう。

美しい日和はこと切れた、私達の胸ぬちで。

それを信じないのはお前だけだ。

それを知らないのはお前のみだ。

追憶

麓の村は秋風ばかり。

葉鶏頭《はげいとう》がのびる、子供の背丈程、子供の背丈よりなほ高く。

陽が照つてゐて、風がつめたい、風が　明るいのに、人は思惟の外に住む。
麓のひと日は、喬木の下に、久しくねむつてゐた猟犬。
秋風がその微妙な夢を誘ひ。仮借なく、落日はその毛並《なみ》に探りを入れる。

春の噴煙《けむり》　佐久の平《たひら》で

噴煙は　ひと日傾いてゐた、平《たひら》の空に、伝説《いひつたへ》のやうに、片方へ　片方へと。

村の僮《こども》は眺めてゐた。
春の林の彼方に見える火山《やま》。
山裾《すそ》では、一面につつじが咲いた、やがて散つてゐた、誰がふんで行つた迹だらう。
僮らの父のゐる田の水にも、地と天《そら》に、しばしたたずんでゐる噴煙《けむり》。
——私達は見てゐる。私達は知つてゐる。

憧たちの瞳も、いつか、動かなくなる。喪《うしな》はれたあの伝説《いひつたへ》のなかでのやうに。

千曲川

その橋は、まこと、ながかりきと、
旅終りては、人にも告げむ、
雨ながら我が見しものは、
戸倉の燈《ひ》か、上山田の温泉《いでゆ》か、
若き日よ、橋を渡りて、
千曲川、汝《な》が水は冷たからむと、
忘るべきは、すべて忘れはてにき。

長野

日にいくそたび吾《あ》は鐘の音を聞きしならむ。
秋寂《さ》びて空わたるは、未だ見ぬ大寺の鐘か。
此処に来て、老いの人等《ら》憂ひはなしと語れど
若き身は、旅に疲れて、いよよ濃き今生《こんじやう》の想ひぞ。
西東《にしひがし》吾《あ》は知らず、町なかに居て日暮は来たりぬ。

林檎園

紅玉の実結ぶこの樹々は

雪空のもと、幾月をすごすならむ
そを思ひて、山を下りき
そを想ひて、頰を燃やしぬ。

善光寺平

うららかに、美しき衣《きぬ》きせて、
背の子と、ともどもに、
うつつなく見入るの春雲《はるのくも》。

戸隠

山の上では――

雪のあとの空の、寒い紅《くれなゐ》は、いつまでも散りうせなかつた。

蕎麦《そ》粉《ば》を運び、人を乗せて、麓の原の蕭々をたどるバスの窓に、いつまでも消え去らなかつた哀《かな》しみが、
今、やうやく、黄昏のあいさつの、

「おつかれ、おつかれ」を繰り返してゐる。

往生寺

柿の木に、月は登りぬ。

憂ひもよし、娘の夜読。

夜半の秋
孤《ひと》り居にしあれば
衣衣《きぬぎぬ》に、電燈《ともしび》もうつらむ。

吹奏楽

公園の近所に住んで、私は土曜日毎に音楽堂を訪れた。

一人の紅顔の楽手が空にむけて、ひたむきにラッパを吹きならしてゐた。

不思議に礼節に富む楽の音。

私は落葉を踏み、それは、まさに秋の画廊であつたが、帰るさ、一人の子守の老婆に話しかけた。

——聞きましたか、あれはアルルの女ですよ。

既に感興を喪つた老婆は空を眺め、その不並《なら》びな歯を見せて微笑んだ。

秋は、

吹く風に、誘ふべく憂ひは残さずとも、また、いかばかり物悲しく思へたか。

屋上庭園

私の心をそそるものは音楽ではなかつた。

晴れた日の屋上で、私は友を待つた。五分《ごぶ》ばかり咲いた桜。この屋上にいみじくも植ゑられた人工の花の下では夕暮が早い。私はひとひらの整つた花弁を掌《てのひら》の上にし、また裏返してみた。この思はせ振りに、この叡智にそつと微笑をうつしながら。だが、それは少女であつた。思はせ振りの水兵服ではなかつたか。

噴水をひとまはりして、また水兵服に出逢つた。ジヤンヌ・ダルクのメダルを胸に。私は石のテーブルに肱をついて、雲がテーブルに映つてゐる。友はこない、さて私はこの夕暮を誰れとすごすのか。

家畜小屋に於ける動物の夕暮を、あの安心を私の約束のやうに感じて。私は、私の架空の音楽のなかで、私から逃げ去つた時間のなかで、再びパイプに火をつける。

姉の庭

朝あけ、
外国婦人と共に、姉の棺に花を撒いた。
夏咲く花のくさぐさ。

そのうちには、庭の桔梗《ききやう》を交へて。

若年

石像の下で、
私はもう男の児の遊戯《あそび》を忘れてゐた。

蒼くばかり涯しない空をあふいでは、垂髪《たれかみ》と文字のない語らひを、家庭の外の話をした、石像の冷い眸《ひとみ》、異教の不安な視力のなかではそれだけ身を近かづけて。
(時は行く、蜜蜂の翅音《はおと》ばかり)
私は帰つてくる。秋は終りの、長い散策のあとのやうに素性も知らぬ落葉を踏むで。
石像に疲労をもたせかけるために、片方の手は美しい娘にあづけたまま。

海の想ひ

伊太利の帽子を振つて、
ああ。いくそたび、私は海を見ることか、
あの明るい不眠の夜、鳰は飛びたつた。その暁《あか》ときの羽音をすら残さないで、
それから――
私の、いたつきの日の旅程、はたと行きつまれば、もう潮騒《しほさゐ》の音がちかい。

（泣きながら、憂へながら、帰つて行つた母の背中が小さい）

伊太利の帽子、裏返へせば、枝々の春。ああ、いくそたび、私はこの帽子を振ることか。

就寝時

寝《やす》む前に、姉は私に二本の蠟燭《らふそく》をあてがつた。

私の剪《き》る書物は、どの頁をひらいても優雅な街の挿画があり、夕暮の街はおびただしい燈火がともり、馬車が走つてゐた。

馬車の軋《きし》る音と、ひろがつた黄昏が、私を熟睡に誘つてくれたのか。

私は枕頭の、その美しい一本が燃えつくしてしまふのをすら知らなかつた。

手紙

仏蘭西島《イル・ド・フランス》の娘ヴィルジニイが恋人の家族に書きおくる手紙のなかでは、その楽しい部分は最後にまで残しておいたと。

私はその頃、姉の愛のみを信じた、橙色《だいだい》の燈《ひ》の下で書く週末の手紙のなかでは、その楽しいこと、姉の微笑を誘ふことばかりを書きたててから残り僅かな余白の前に途方に暮れてしまふのが常であつた。


今、私は思ひ浮べる。

私の書きたかつたことは、この文字のない部分ではなかつたか、見せたかつたのは、姉の眸《ひとみ》にはまだ幼くうつる途方に暮れた私の姿ではなかつたか。

愛する神の歌

父が洋杖《ステツキ》をついて、私はその側に立ち、新らしく出来上つた姉の墓を眺めてゐた、噴水塔の裏の木梢で、春蟬が鳴いてゐる。
若くて身歿《みまか》つた人の墓石は美しく磨かれてゐる。
ああ、嘗《か》つて、誰が考へただらう。この知らない土地の青空の下で、小さな一つの魂
が安らひを得ると。

春から秋へ、
墓石は、おのづからなる歴史を持つだらう。
風が吹くたびに、遠くの松脂《まつやに》の匂ひもする。

やがて、
私達も此処を立ち去るだらう。かりそめの散歩者をよそほつて。

海岸線

海辺に、私の知らない姉弟が双手に砂や小石を一杯つかんで立つてゐた。年頃も丁度貴女《あなた》たちのやうな。

夕焼空。浜は美しい祝祭のやうに、それは明日新婦になる貴女《あなた》への心やりか。

それなれば、私もこの祝祭にあづからう、帆によせて、海の面によせて、心ゆくばかりの言葉を述べよう。

悪戯ざかりの貴女《あなた》にも、疲れを知らない貴女《あなた》の若さにも、また貴女《あなた》らしい心づかひにもこよなき友情の海。

海、私はかうして時間をうつす。

去年《こぞ》の春をそのままそつくり、今し、崖の上を汽車が通りすぎる。

肱をついて

書物は、この上に文字がなければ、私は一ひら毎の木の葉にもたとへようものを。

図書館の窓によつて、街燈が灯が這入る。

いち早く私の心に沁み入るもの。

旗をかかげた公園の入口では、園丁がくぐりのかんぬきをかけ、夕映がまだ残つてゐる庭園の小さな空の下で、ゆつくりと春の落葉を掃いてゐる。

ひと日が暮れる。道をへだてて、おぢいさん。

私の仕事も終りに近い、かうして私の心にも人知れず、耐へがたい落葉が積るばかり。

生涯の歌

海べりの街の朝まだきを、鴉《からす》の群は遠くよびかはしながら通りすぎる。
(啄《ついば》むだ果実を空にかへせ。)
その空の鉛の朝曇りに鴉は呼びかはし、
答を得てはとび去る。
人は、すでに床の中に目覚めてゐて、それを聞いてゐたであらうか。
また、瞼をとぢて、海面を渡る鴉の、あのきれぎれの唄を、おそらくは聞きかへした
であらう。

家鴨と少年

短かいズボンを穿いた少年が池畔にたつて家鴨《あひる》を呼んでゐる。家鴨はこない、だが待つてゐるのは少年だけではない。池畔に影を落した洋館のテラスで、姉らしい娘が読書をしてゐる。それが逆さまに映つてゐる。だが、出てきさうにはない。さう、昨日も私は待つてゐた。だが、かうしてゐるとそれは昨日《こと》のやうにも思はれるのだが。女中が出て来て、洋卓《テーブル》の上に何か置いていつた。二言三言おしやべりして。

私が夢を見るなれば、それは短かくありたい。私の掌の上にとまる蜻蛉《せいれい》の、束の間の眠りのなかでのやうに。

何の意味だらう、日が翳《かげ》る。

家鴨が游《およ》いで来る、私の方へ。あきらめた少年は、いつのまにかジヤケツをきて立つてゐた。私のやうだ、かうして見てゐると、まるで私のやうだ。

私弁

春は木蔭のみ多い道をたどつて。花ひとつかざす心は喪はれた。

私の歩調《あしどり》は何処から、私の口笛は何処へ。

春鳥が私に告げる。

「この美しい、いとなみ、樹々のへヤネットのもとで、君もおのづからなる歌をうたひ給へ」と。

託すべく 歌ふべく、私に言葉はないか。

既に、すでに 空に舞ふものを、舞ひまふものを、私は見失つた。

吾が家

その年の夏、私は庭に居て、よく蜩《ひぐらし》を聞いた。
母の不在が、家のうちに、おそくまで灯《ひ》をともさなかつた。
庭にしつらへた食卓で。
父が生涯の若い頃を息子に語り聞かせるのもこの時刻であつた。
父のなかに私がゐる。
やうやく、私のなかにも。あの矜り高い父が頭をもたげ初めた。

夕暮

一つの窓は鎧戸《よろひど》で閉されたまま久しく落日の的《まと》になつてゐた。

秋は少しづつ樹々を振つた、漸く垣間《かいま》見られる庭の一隅の椅子によつて、老人がさきほどから冷たい牛乳のコップを手にしてゐた。

父親らしい人である
よく肖《に》た青年の顔も想像出来るやうな。

夕方の空には、なんの異変《かはり》もない。
二階の手摺《すり》の所から誰れかが呼んでゐたやうだ。老人は、ふいと立つて行つてしまつた。錯落とひとしきり落葉が舞つた。
婦人や子供の好む花、あれは、なんと云ふ名前だらう、庭の植込にまじり、残り咲いてゐた。

戸隠の絵本

戸かくし姫

山は鋸の歯の形
冬になれば　人は往かず
峯の風に　屋根と木が鳴る
こうこうと鳴ると云ふ
「そんなに　こうこうつて鳴りますか」
私の問ひに
娘は皓《しろ》い歯を見せた
遠くの薄は夢のやう
「美しい時ばかりはございません」

初冬の山は　不開《あけず》の間
峯吹く風をききながら
不開《あけず》の間では
坊の娘がお茶をたててゐる
二十《はたち》を越すと早いものと
娘は年齢《とし》を云はなかつた

一、宜澄踊

頬冠りに尻端折、或るものは山袴を穿いて、畑の仕事着姿のままのお爺さんたちが、戸隠中社の五斎神社の前で踊つてゐた。

「何だらう」

と思つて近づいてみると、踊の周りに村の女房子供の群が集まつてゐた。

田舎の踊りによくあるやうに、中の一人が唄を歌つて音頭を取つた。

「戸隠山は

名高いお山と沙汰をする〳〵

名高いお山と沙汰をする」

まことに単調な節廻しは、皺嗄れた老人の咽喉から、次々と不思議になだらかな抑揚をもつて流れ出るのであつた。

よく見ると、お爺さん達の顔は、どうやら、したたか酒を飲んだらしく真赤である。どの顔を見ても、うれしくて堪らないやうな表情である。音頭を取る人は次々と変つて行く。

「女衆の踊はよいが、こりや汚ない爺さんばかりだで」

背後を振り返ると、顔馴染の鳥居前の茶屋のお婆さんも来てゐる。

「お婆さん、なかなか面白いぢやないか」

「あれ、さうですかね」

踊を貶した筈のお婆さんの顔も、どうやら踊の面白さに魅入られてゐるらしい。

一踊がすぎると、お爺さん達は一升瓶を持出して来た。立つたままで、互に酌みかはしてゐる。

「小宮のおつかちやん、一杯やらねえかよう」

お爺さん達は自分等で飲むだけでは気がすまないらしく、踊を見物してゐる女房連の方にも酒を廻してくる。

「宜澄様は賑やかなことがお好きだで、さあ酒を飲める人は誰でもやってくれや」

「あれ、堀井のおとつつあん、俺もうたくさん」

そちらこちらの、石段の上や、杉木立の下でお爺さんと年老つた女房たちが、一塊りになつて酒を酌みかはし初めた。

戸隠の八月は、或は山の一番気持のよい時候であるかも知れない。夕方の空はいつまでも明るい。鮮やかな桔梗色の空である。

「あんたも飲んでくだされい。宜澄様がおよろこびだで」

たうとう私の前にも猪口が差し出された。

「おばば、われも飲めよ」

「うん、飲む、飲むぞ」

茶屋のお婆さんも、さきほどの悪口は何処へやら、爺さんの手から猪口をうけとると、一息に飲み干した。

一人のお爺さんが、ずつと私の傍によつて来た。

「此処にお祭りしてある宜澄さんと云ふお坊さんは、賑やかなことの好きなお人でしてね、お酒をあげて、わし等が踊ををどると、願ひごとはなんでも聞いてくださるんで」

歯の抜けたお爺さんの顔はまるで小児のやうであつた。

「僕も頂きませう」

酒のいけない私も、知らずしらず手を出した。

「南無宜澄さん、
思ふ願ひの叶ふよに〳〵
思ふ願ひの叶ふよに」

老人達は又いつのまにか、輪を作つてしまつた。足を上げるたびに、腰に挿してある煙草入れもぴよこんとびあがる。

「若い人が踊らないのは?」

さう云つて尋ねると、

「若いものは踊を知らぬ、もう踊る人もだんだん減つて行きますわい」

さつきの老人はまだ猪口を手にしたまま、なかなか踊の輪に這入らない。

「汚ない踊だが、これがお前、ぢいさん達にどらほど楽しみだか」

茶屋のお婆さんは、もう口が廻らないやうに酔つてゐた。

山から薄や刈萱を採つて来た娘たちも、そろそろ見物のなかに雑り出した。

「若いものが見物で、爺さんばかりが楽しんで御座る」

女房の一人が調戯《からか》ふやうに、そんなことを云ふと、輪のなかの顔が一斉にそちらの方を向いた。にこにことうなづいてゐた。

奥社の祭り、宝光社の祭り、さては日御子社のお祭りと、指を折つてみると、山はこれから当分の間はお祭りの続きだ。そのうちに、だんだん戸隠空は秋になつて行くのだ。

私が帰りかけると、中社の坂の下の方から娘が登つてきた。手に一升瓶をさげて、息をはずませてゐる。

「お願ひ致しやす」

娘はさう云つて、老人の一人に大切さうにお酒を渡した。

「さあ、みんな、又お酒があがつたぞオ」

勢ひづいて一人が叫ぶと踊の輪は急に賑やかになつて来た。

「お春坊は、何を願つただ?」

女房連が娘の傍に集つてきた。一寸恥しさうにためらつてゐたが、

「わし、脚気でね、昨年お願ひしたで」

娘はさう云ひながら一寸足さきの所を捲《めく》つて見せてゐた。

田舎の女にしては、太くはあつたが、随分色白であつた。

二、お地蔵様

て行つた。

御神楽が終つて、秋の日のやうな穏かな光をあびながら、人々は中社の石段を降りて行つた。

御神楽のなかに、男女両神の舞ひで、水継舞と云ふのがあつた。女神はお面を被つて、手に柄杓を持つてゐる。私はそのお面の優和な表情を思ひ出すと、あれはどう云ふものの象徴だらうかと考へた。あの表情は生きてゐた。あれは海抜数千尺の戸隠山中に、今もなほ生きてゐる表情だ、私はさう気付くと、すれ違ふ山の娘たちの顔を今さらのやうに眺め返した。

戸隠の娘の顔は、どちらかと云へば下顋である。山国の民には珍らしい。

戸隠山には到る処に、赤い前垂を掛けたお地蔵様がおいでになる。

「お地蔵様の顔を一寸御覧なさい、ここの娘たちにそつくりでせう」

いつぞや、私の友がそんなことを云つたのと不思議に思ひ合はされた。

今日の巫舞に出た小さな娘達が、舞姿のままで、お宮の前に並んで記念の写真をうつしてもらつてゐる。みんな社中の子供たちで、年は十四五歳であらうか、恰度悪戯ざかりの子供たちも、今日ばかりは手も足も窮屈な着物につつまれてゐる。静かにお歩きと云はれるので、手足どころか顔までが、白粉の下でこわばつてしまつてゐる。

「さあ、皆揃つたかね」

洋服に下駄ばき姿の俄写真屋さんが云ふと、娘たちはお互に肩をつつきあひながら真顔になる。

「揃つたら、みんなお扇を披《ひら》いて」

娘達は、その合図と一緒にさつと手にしてゐた扇を披いた。扇の絵は桜の花、まるで戸隠の花弁が散つたやうに鮮やかであつた。

たつた一人、その内で扇をいかにももどかしさうに披いた娘がゐた、見ると、まだ十二位である。それでも披いてしまふと姉さんたちに負けないやうに高く翳して見せた。

この子供達のお父さんのなかには、今日の御神楽に剣を持つて舞ふ御返幣舞や、笹の葉と鈴を振る身滌舞に出た人がある。父と子を御神楽に出した社中の家では、お母さんやお祖母さんから幼ない弟妹までが、総出で見にきてゐる。ことに母親の身になると子供の舞がとても気になるらしい。

「わたしはほんとに胸がわくわくして、さうなんです。なにしろ家の子は今年が初めてなんですから」

そんなことをささやいてゐる女房の人を見ると、どうやら三十を越したばかりの年頃である。舞が終つて写真をとる段になつても、やつぱり何かと子供のことが心配になるらしい。或ひはあの扇を抜きそこねた小さな娘の母親であるかも知れない。

「あの扇はなかなか見事ですね」

私が女房の一人に話しかけると
「ええ、あれはわざわざ東京の浅草で買つてきてもらつたですもの」
いささか誇らしげである。小平安朝の名残をとどめると云ふこの山地の御神楽に、浅草がひよつくり顔を出したのが、私にはちよつと滑稽に思へた。
山の祭の日は、これから夜に入つて御獅子が出ると云ふ。今月今夜を祝ふ人々は昂奮の面持である。あの小さな御地蔵さま達が枕につくのもいつのことだらうか。

三、雷

戸隠中社で里坊と呼ばれるのは、昔奥社に本坊を有してゐた神職の家々の、云はば冬の間の別荘のやうなものであつた。

奥社の坊が廃止されたにつけ、それらの人々は中社に下りてきて、今では里坊で暮してゐる。

私の宿つた家は、やはりその里坊の一つであつた。老人夫婦きりの静かな生活である。

食事の御世話は出来ません、さういふ条件であつた。その代りと云つて、食事の出来る坊を紹介してくれて、私は朝夕、ものの三丁と離れてゐないその家まで飯をくひに通ふことになつた。

老人の話によるとその家とは親類筋に当ると云ふ、もつとも中社の坊は、すべて遠かれ近かれ親類筋に当るのかも知れない。

食事をするついでに御風呂の御馳走にもなつた。暮れてから石段を下りてくると、足もとで山の虫がよく鳴いてゐた。私にとつては気持のいい散歩であつた。

ところで、一週間も経つと、そろそろ、それも億劫になつてきた。曇つた日や雨の日は（実際山の生活では天候の影響が直接である）容易には出かけなかつた。すると気を利かして、その家では小さな娘にお膳を持たして、私の所まで運んでくれるやうになつた。

習慣になると、私は腹の空き加減で時間を測つて、眺望のよく利く窓の所に立つて待つてゐる。藁家の屋根の向ふで、石段をとことこ下りてくる娘の姿が小さく見える。やつてくるなと思ふと、娘は晴れた日などは右を見たり左を見たりしながらいかにも楽しさうである。

「由ちやん、又御膳のお運び？」

「ええ」

もう目の下の築地の蔭を歩いてゐる娘は誰かに声をかけられて、甲高い声で返事をしてゐる。

夕方から雷が鳴り出したときだつた。

近くでせうかと私が老人に尋ねると、「なに飯綱様の方でせう」と平気な顔で答へてゐたが、夜に入つて、激しい雷雨となつた。

ぢつと耳を澄ましてきいてゐると、戸隠連峰、高妻乙妻が山鳴りしてゐるやうにも思はれる。私はふと自然の恐怖に襲はれた。

私は老人夫婦と炉端で静に雷雨のすぎるのを待つてゐた。すると表の戸を敲《た》くものがある。甲高い声が雨のまにまに何か呼んでゐるやうだ。

瞬間、私はふと気がついた。晩飯のこともすつかり忘れてゐたのである。

娘の穿いたカルサンは、膝のあたりまで、びつしより濡れてゐた。御膳の上に載せた新聞紙はもとより、小さな手からも滴が流れてゐた。

由坊と云ふ娘は、「お客さん、お腹がすいたかね」と訊ねたが、私はそれに何と云つて答へていいかわからかなかつた。

「由坊、こんな晩には無理に御膳を運ばんでもええぞ、一晩くらゐ、いくらも家《うち》で御世話出来るからな」

老人の言葉を黙つてききながら、娘は炉端でしばらく濡れた手を煖めてゐた。

老人が提灯を借さうかと云つたが、娘はそれを断つて帰つて行つた。

雷雨はなかなか静まらなかつた。私は「大丈夫か」と幾度も訊ねたが、娘は笑つて頷くばかりである。

「慣れてゐますから」と云ふ老人の返事であつたが、私は不安が去らなかつた。その上、自分の横着からだと思ふと、済まない気がして、いつもの窓の所に行つて、そつと戸外を覗いて見た。雷鳴のたびに白く光る小径《みち》を、何時娘は過ぎて行つたのか、姿は見当らなかつた。

「毫光《ご》」私は以前鷗外さんの訳でそんな名前の小説を読んだことがあつた。どうしたはずみか、私はふとその小説のことが思ひ出されたのだ。

すこし突飛だが、夜道を帰つて行つた由坊のやうな娘の頭の上にも、毫光がさしてくれればいいがと、そんなことを考へた。

高妻乙妻の連峰の高鳴りが、いつ迄も私の耳に残つてゐた。

四、紫陽花

若い禰宜の子が、いつぞやこんなことを私に話した。

ひとりで、山道を歩いてゐるとき、ふと人の気配を感じて立ち止ることがある。するときまつて崖の上から山の花がさし覗いてゐると……

「それは君が孤独だからだ」と私は答へて置いたが、不幸にして、私にはそんな経験がなかつた。

八月の半であつた。山では、坊の庭にも紫陽花が盛りであつた。都会地や麓の村などで見る花に較べると、色が一層深いやうに思はれる。

或る日、私は独りで奥社に詣でたことがあつた。

随身門よりさきには杉の巨木が両側に並び立ち、文字通り昼でも小暗かつた。石段の両側の湿地は昔奥社の坊のあつた所である。苔むした礎石が名残をとどめてゐる。急な坂なので、山の涼風にもかかはらず、私は幾度か足を停めて、懐中からハンカチを出した。

登つて行く途中、私はとある曲り角で、下山する一行の人々に会つた。先に歩いてくる上品な老人の姿で、それがこの山の長者の一族であることを知つた。

老人は西国の生れで小さいときこの山に養子に来たと云ふ人だ。それに続いて少年、中年の婦人が老婦人の手をひいてゐた。そして最後に、紫地の着物をきた若い婦人が、後から少年に呼びかけながら下りて来た。

私は若い婦人とすれ違つたとき、婦人の髪に紫陽花が挿してあるのに気が付いた。「長者の娘さんだな」と思つたのと、「綺麗な紫陽花だ」と思つたのが殆ど同時であると云つてよかつた。

奥社と九頭龍様に詣でた私は、社務所の前の庭にあやめの花と紫陽花を見出した。いづれも、美しい深い色彩であつた。それは到底、中社の坊の庭のと較べものにはならなかつた。

高い所に登つてきたと云ふ満足と爽快の気持が、この花の色に映えてゐるのか、私はさうとばかり思はれなかつた。

飯綱原が一眺に見える、風通しのいい社務所の座敷では、禰宜が胸を一杯にひろげて、しきりに団扇を使つてゐた。

五、袈裟治君

小さい番頭さんは袈裟治と云つた。北部信州にはよくある名前で、今朝治と書く場合もある。

「番頭さんと云ふのは、少し可笑しかないかね」

私はある時さう云つて試みに尋ねてみたが、袈裟治は自分では一向気にならないらしかつた。

坊に泊る客の世話は、蒲団を上げることから、食事の搬び、お給仕まで、一切この小さい番頭さんがするのであつた。

私はさきに「紫陽花」と云ふ一章の中で、この山の長者の娘に触れて置いた。この袈裟治のゐる坊が即ちその長者の屋敷であつた。

長者の家は、一口に云へば、昔の武家の住居、それも武芸者の屋敷と云ふ方がより正しいやうだ。


私よりも一足さきに山風が吹き通つて行つた、その屋敷のいかめしい門構へを這入ると、道は長々と石畳に導かれてゐた。私は瞬間一寸気おくれがした。まるで自分が不用意な闖入者ででもあるかのやうに。私は幾度か引き返さうかと思つた程だ。石畳に沿つて、ひつそりと昼間の花が咲いてゐた。そしてその花の根元で、地面の上には、まるで文字を描くやうに、山の大きな蟻が集つたり、散りぢりになつたりしてゐた。秋はやつと十月の初めであつた。

私の声に応じて、玄関の式台の上に現はれた若い婦人は、その叮寧すぎる挨拶で私をすつかり面くらはせた。遠慮深げな、それでゐて聡い目もとは、いつぞやの奥社道での娘であつた。

私を二度目に吃驚させたのは、坊の昼食の後に出された、木皿に盛つた栗饅頭であつた。

加賀の殿様でもが食べさうな素晴しく大きいのが二つ。娘は少し伏目になつて、それを私の前に置くと、ぷいと立つて行つてしまつた。

三日ほどたつた。その間に只の一度も、私は屋敷の内でこの娘を見ることがなかつた。

食事のときには、袈裟治君が少し肩をいからして、私の前に坐つてゐた。秘密のやうに目を大きく見開いて、だがほんとに無口な少年だつた。この広い屋敷の内に、まるで私と袈裟治と二人だけが住んでゐるやうな、ふとそんな気がして、侘しく思つたこともあつた。

或る夕方、庭の池で、鯉のはねる音が屢々起つた。（実際、そんな物音さへが私を呼び醒す程、静かな日が続いてゐたのだ）立つていつて障子をあけると、今しがたまで池の傍にゐたらしい少女の影が、すうつと築山の後の方へ隠れていつた。少女は、どうやら十四五位のまだほんの子供らしかつた。

「小さな娘さんがこの家にゐるの？」

私は折を見て、袈裟治に訊いてみた。

「い、え、あれは今日来た女中です」

袈裟治はさう云つて答へたが、何か嬉しいことを隠してゐるやうな妙な顔付をしてゐた。

「君のお手伝ひ？」

「さあ、鬼無里から来た娘です」

戸隠の風呂は、山水の美しいせゐもあつて誠に気持がよかつた。夕べごとに、風呂桶には、きまつて枯葉が二三枚浮いてゐた。私がそれを手でそつと掻きわけて、首のあたりまでずうつと沈むと、頃を見はからつてゐたやうに必ず袈裟治が外から声を掛ける。

「お客さん、お湯加減はどうですね」

袈裟治は、私が「いいよ」と答へても、風呂から上るまでは、いつも火口を守つてゐるらしかつた。

夕方から講中の参拝でもあつたらしく、又お神楽の冴々した笛や笙の音が聞えてゐた。

私は、透き通るやうな綺麗な湯の中で膝の上に手をのせたまま、うつとりと聞いてゐたが、ふと気がついて袈裟治に話しかけた。

「袈裟治君、今夜もお神楽が上つてゐるね」

すると、それがどうやらよく聞きとれなかつたらしい。

「ええ、ほんの今しがた、いいお月様ですよ」

と答へた。

「お月様ぢやないよ、中社のお神楽さ」

私はさう云つてから、思はず微笑した。袈裟治が、例の顔を一層むつつりさせてゐるなと思つたからだ。

すると、まるで私に挑むやうに、外の方でもくすくすと笑ふ声がした。如何にも遠慮勝ちな、それでゐて辛抱しきれないで出したやうな。

「誰かゐるの？」

私はそれが袈裟治でないと知ると、突嗟にかう云つて尋ねた。笑声は直ぐに止んだ。しばらくすると、かさかさと云ふ音がした。又袈裟治が枯枝をくべ初めたのだ。その枝のぱちぱちと燃える音に交つて、今度は袈裟治が傍の人に話すらしい声がぼそぼそと聞えてきた。何かものを教へるやうに、念を押すたびにこの山地の人独特の甲高い響となつた。私はもうすつかり了解してゐた。

火がぱつと赤く燃え上るたびに、描き出される素朴な少年少女の顔は、私にも容易に想像できた。

手で押しやつた笘の木の葉は、又いつのまにか戻つてきて、私の首のまはりに浮いてゐた。

六、月夜のあとさき

「戸隠では、蕈《きのこ》と岩魚に手打蕎麦」私がこのやうに手帖に書きつけたのは、善光寺の町で知人からきかされたのによる。

岩魚は戸隠山中でもさう容易には口に這入らない。岩魚釣を専門にしてゐる、さる農家の老人をひとり知つてゐるが、その他に所謂素人《アマチユア》で、ひそかに釣に出るやうな人もある。

一日歩いて骨折つてみても、まづこんなものですよと云つて、石油の空缶をのぞかせて呉れたのは、山の写真屋の隠居であつた。空缶のなかには膚の美しい岩魚が、僅か二疋だけ泳いでゐるにすぎなかつた。

水の綺麗なところを選ぶこの川魚は、いささか神秘に属するものかもしれない。足の悪い老人は、今朝から牧場のあたりから川に沿つてきたのだと云つて、額の汗をふいてゐた。「土地の人はかうして水を飲むのですよ」と云つて、笹の葉を一枚舟の形に折つて、私にも美しく澄んだ水を飲ませてくれた。

秋には坊の食膳にかならず蕈《きのこ》の類が上《のぼ》される。ふかい秋のもの哀しい風味がある。晩《おそ》夏の一日、私が奥社に詣でたとき、逆川のほとりの茶店に、新聞紙の上に一杯黄色い小さな蕈を干してゐるのを見た。傍にはグリムの物語にでも出てきさうな老婆がぽつねんと座つてゐた。私が何と云ふ蕈かと尋ねると、これは楡《にれ》の木に生えるものですと答へた。少し分けてくださいと頼むと、気持よく承知してくれた。

老婆がもう店を閉ぢるから、よかつたら里まで御一緒に行きませうかと云ふ。老婆の里と云ふのは、戸隠中社のことである。

私が待つてゐるからお婆さん早く支度をしなさいと云ふと、品のいい顔立のその老婆は、いささかあざけるやうにして云つた。

「わしは足が早いからすぐに追ひつきやす、一足さきにおいでなして」

老人《としより》のくせにと私は意外に思つた。山路をものの十分と行かぬうちに、後の方で声がする。振り返つて見ると、老婆は店の品物でも入れたらしい大きな風呂敷包を肩にして、飛ぶやうに歩いてくる。木曾地方で軽サンと云ふ袴、あの立つけ袴をはいて、思ひなしか腰のあたりもすつくりとのびたやうである。

「随分早かつたね」と云ふと、「いいえ、年するとね」さう答へて一向に平気さうである。

店の番をしながら、暇をみて蕈を採る、採つた蕈は中社まで持つて帰り、あちらこちらの坊の厨房《くりや》にわけてやるのだと云つた。

越後の海も一度見たいね、だがそれよりも孫が長野で教員をしてゐるから、その方に行つてみたい、善光寺に行くには、余程朝早く立たないとね、さう云つて話しかける。お婆さんのやうな丈夫な足なら、すぐ行かれるよと云ふと、老婆はいかにも嬉しさうに相好を崩した。

私の宿つた坊では、月夜の晩にはきまつて蕎麦を打つた。

蕎麦は更科と云ふけれども、信州蕎麦のほんとに美味しいのはこの戸隠飯綱の原を中心とするあたりで、この地方に多い麻畑は刈りとつてしまつた後は、みんな蕎麦畑になるのである。

山の月を見るためには、畳を敷いた坊の廊下に、薄や地楡が供へられた。

蕎麦を打つのは、家内総出であつて、少年と雖ども心得てゐる。もつとも、少年少女の場合は、蕎麦打ちを手伝ふひまに、こつそり蕎麦粉を盗んで、あたかも粘土細工のやうに牛や犬の動物を作つたり、鳥居をこさへたりするのが、楽しみなのである。

蕎麦の玩具は戸隠の子供部屋の雛様である。

坊の娘が片方の手に蕎麦を入れたザルを持ち、一方の手にお膳を持つて、月のいい晩にやつてきた。

「お蕎麦がおいやなら、こちらに御飯も御座います」

蕎麦は色が黒いが、口触りがまことによい。山中の夜はそれを口にすると、何かひやりとした感触がある。

娘はいつも着物を長目にきるので、歩くたびに、かすかな衣ずれがする。書院作りの広い間を二つ三つ通りすぎて行く足音は、まるで燭の火で足もとを見つめて行く、昔の人のそれのやうである。

「お蕎麦を召上つたら、御庭に出て御覧なさい」と云ふ。「私共もこれからお月さまを拝みに参ります」

山中の月の出は晩いときいたが、庭に出て見ると、いつのまにかうつすらした光が射してゐた。海抜幾千尺、庭の萩の花が咲き乱れてゐた。一つびとつの小さな花は秋の眸のやうに鮮やかであつた。

坊の娘は何処でお月さまををがんでゐるのか、一向に姿を見せなかつた。

七、挿頭花《かざし》

戸隠の月夜は九月に這入ると、幾晩もつづいてゐた――。

昔、寺侍が住んでゐた長屋、そして一棟の長細い渡り廊下のやうな納屋の壁にそつて、鶏頭の花が咲いて、もう気の早い冬支度か、うづ高く薪が積まれてゐた。

古いイメージのやうな破風の藁屋根の影を踏んで屋敷の周りを一巡すると、私は前庭に出て、そのまま、廊下から庭に面した書院造りの一間に通《とほ》つた。

本坊の庭は、今の主人《あるじ》の祖父か曾祖父にあたる人が造園したものだと云はれてゐる。叡山から来た天台の僧で、遠く信濃路の山に来ても、都のことが忘れかねたものらしい、風雪の跡はあつても、依然として閑雅な京風の趣がある。二株ばかりある萩の花はもう散り初めてゐた。

その夜の私の夢のなかでは——

前庭は、昼間のやうに月の光りが鮮かであつた。軽い空気草履のやうな足音がして、枝折戸の蔭から、一人の少女が現はれた。円顔の、耳環の似合ひさうな顔立であつた。少女は、二三歩あるくと、くるりと振り返つて、私の方は背にして、あらぬ方を向いて、おいでおいでをしてゐた。それから、つと、萩の一株にちかづくと、無心に花を摘み初めた。私は、知つてゐるぞ、自分が見てゐるぞと心の中で思つた。すると、突然、萩盗人の少女は、私の方に向き直つた。折からの一際冴えた月の明りに、少女は一寸地蔵眉をよせると、萩の小枝を二本、頭の上に翳して、「萩の花はおきらひ?」と尋ねかけた。心持首をかしげてゐる。私の答へがないのを知ると、少女は手にしてゐた小枝を惜しげもなく捨てて、双の手を背後で組み合せるやうな姿態を作つた。と見るとまるで手品師のやうに、今度は片方の手に一輪の真紅な花を提げてゐた、「ダーリヤはおきらひ?」少女はその一輪をまた髪の上に翳して見せた。首を前よりも一層かたむけて。私はそのとき、知つてゐる、貴女は誰だか知つてゐる、さう云つて、危ぶなくその名を口にしようとした。すると、少女は、まるで現在からするりと脱け出るやうな素振りをした。その後は、私の夢のなかでも一片の雲の陰影《かげ》が射したやうに、もうまるで憶えてゐなかつた。

私の夢は、もうそれとは何の脈絡もなく、他のものに移つてゐた。私は、引手の金具に紫の総のついた、重さうな書院の襖をあけた。中は真暗であつた。私はその部屋を急いで横ぎると、又一枚、総のついた襖の金具をひいた。暗闇がやつぱり大きな口をあけてゐた。私はさうやつて、幾つかの部屋を過ぎて行つたのだらう。そして、それは果して幾つ目の部屋での事であつたか、私は確かに、欄間に描かれた美しい朱色の牡丹を認めた。それが暗闇のなかで、私の足をとどめたのだ。

「――はおきらひ？」

そんな優しい声は、何処からもきこえてこなかつた。それだのに、恰度あの萩の花を少女が髪の上に翳して見せたときのやうに、私の心は、明かにその朱色で描かれた牡丹が不満でならなかつた……

とがくしの朝は、樹木の多いせゐか、容易に私の部屋まで陽が射してこなかつた。畳廊下の上を踏んで行くと、私の足音で一つびとつの物が目ざめて行くやうだつた。洗面所で、私は、むかう向きになつて立つてゐる坊の娘を見かけた。

娘は「お早うございます」と挨拶して、「こちらをお使ひ下さいませ」と云つて一つの洗面器をよこした。他の一つには、娘は水をかへて、龍胆《りんだう》の花をつけてゐるところだつた。

「龍胆ですね」と私が云ふと、

「今朝早く裏山で採つてきたのですが、色がすこし悪くつて」

さう云つてから「お部屋にお活けなさるのでしたら、もつといいのを、越水の原か、牧場まで行く道には、もうたんと咲いて居りますわ」とつけ加へた。

「これだつて、すこしも悪くはない」私はさう云つて、その一枝を手にした。とがくしの空色が散つたやうな、深い秋の匂ひがした。

「いい花ですね」私はもう一度云つた。一つの夢を見、もう一つ夢を見た。しかし、これは夢ではない、私はさう思ひながら龍胆の花をしばらく手離しかねてゐた。

八、少年

夕方の黄ばんだ障子の蔭で、豆の皮をむいてゐた坊のお内儀さんは「そうれ、初男、栗の落ちるやうな風が吹くぞ見てこいや」と男の児に云ふ。

成程、炉端でぢつときいてゐると、とがくしの夕方の風は妙に物佗しい。さわさわと木の葉をゆする音は、東京で云へば、もう十一月の野分のやうである。

初男と云ふ男の児は、栗が落ちるときいても、一向に走り出しさうもない。高等科の生徒であるから、小学校は中社から一里程麓に下つた上野にある。その上野から、やつと日暮になつて戻つて来たばかりである。

初男は、眸が美しく光る少年である。洵《まこと》に物静かな少年である。そして、どうかすると、静かなと云ふより、幾分陰気に見える事もある。

「とがくしの少年少女は明眸皓歯の者が多い、然し、どうした事であらう、この子供達は、その遊びの中にも陰影《かげ》がある……」これはさる若い地理学者が戸隠に遊んだとき、偶々ノートの端に書きとどめて行つた言葉である。私は初男少年を見る度に、いつもこの言葉に思ひ当る。

一体、私がこの坊に寝起きするやうになつてからは、とがくしの家族と云ふものを考へる時はいつもこの家の人々が標準となり勝ちである。主人は神職仲間では若手に属する。従つてお内儀さんも年は若い、お内儀さんは麓の柵《しがらみ》村の出だと云ふ、そのせゐもあつてか、戸隠山の話になると、稍《やゝ》傍観者の趣がある。時には、因襲的な生活に甚だ辛辣な批評を加へる。子供達は兄と妹の二人である。兄は初男、妹は稲ちやんである。親子四人の家庭は、比較的こみいつた家族の多い、とがくし山では、甚だ単純なものである。その意味からだと、これを標準にする事は、いささか当を得てゐないかも知れぬ。

私が最初にこの少年を見かけたのは、八月のことであつた。山の八月はなかなかにぎはしい。恰度盂蘭盆の晩で、初男少年は妹のお稲ちやんと二人で、門べで迎へ火をたいてゐた。少年の怜悧に光る眸の印象を、私はこのとき受けたのである。

兄妹は炉端で、母の傍により添つて、よく山椒太夫の話をきかされてゐる事がある。母親は、これを甚だ教訓めいて話しきかせる。初男少年は話をききながら「丹後の由良の港」と独りごとを云ふ、安寿厨子王が売られて行つた由良の港が余程気にかかると見える。お稲ちやんは、「安寿恋しやほうやれほ、厨子王恋しやほうやれほ」と歌ひながら、母の膝に他愛なく眠入つてしまふ……。

その日は、物佗しい風が少し吹き歇《や》んだ頃、坊の主人が岩魚釣りから帰つてきた。昼頃に家を出て行つたが、道々餌にするバツタを捕へたりしてゐた為、思ひの外おそくなつてしまつたらしい。河の中に這入るので、山袴に地下足袋の姿である。土間に立つて、お内儀さんに石油缶を渡すと、「いくらもとれなかつた」と呟いて、がつかりした様子である。

「岩魚は焼いて食べますか、フライにしませうか」とお内儀さんが私にきく。そんな晩は私は自分の部屋には引きとらないで、炉端でみんなと食事を共にする。主人は酒はいけませんと云ふ。然し山の人の常で晩酌の一合や二合は飲む。主人は岩魚釣りの話を初める。岩魚はいささか神秘に属する魚だと私はいつか書いた事がある。主人の話によると、この魚は人声や足音には案外気付かないさうだが、人影には甚だ敏感だと云ふことである。通りすがりの人の影が川の面にでも映ると、忽ち姿をかくしてしまふと云ふ。

主人は時々話をやめて、初男少年の方を見る。少年は先刻から黙つたままである。少年は喰べ終ると、炉端にごろりと横になる。飼猫がいつの間にか部屋の内に這入りこみ、少年の膝の所でじやれついてゐる。すると、何を思ひ出したのか、少年はこんなことを云ひ出した。

――母ちやん、秋は寂しいものだねえ。

そして又かう云つて付け加へた。

――かうやつて冬になれば、俺ちは寝て喰べて火をたいて暮すだけだらず、そんねこつちやしようがない。

お内儀さんはそれをきくと、吃驚したやうに、子供の顔を覗き込む、

――何を云ひ出すと思つたら、そんな大人のやうな事を、子供のくせして、秋が寂しいなんてことがあらすかい。

ちよつぴり酒の廻つた主人は、膝のあたりをなでながら、お内儀さんと顔を見合せる。二人とも憮然とした態度である。

――そうら見ろや、猫だつてさうだらず、寂しいで俺ちにからまつてくるでねえかや。

少年の陰気な顔には、稍得意の色が現はれる。すると、電燈の下で、額をてかてか光らしてゐた主人は、急に酒気が上つたやうに、少年に向つて、呶鳴りつけた。

——初男、猫のやうな人間になつて、それでお前《めえ》どうするだ。

少年はぴくりとしたやうに、壁の方に後《あと》ずさりする。眸が不安さうに光る、やがて、それが憐みを乞ふやうな色になる。そして、立ち上ると、すごすごと暗い勝手の方へ出て行つた。

——父さん、あんたもどうしてそんな。

お内儀さんは、夫の権幕に、一寸取りなすやうな事を云つたが、又黙つてしまつた。そして榾《ほだ》を一くべたいた。火が赤く燃え上る。

——寝て食べて火をたいて暮すだつて、子供のくせにうまい事を云ふ。

お内儀さんは小さな声で、そんなことを呟く。例の傍観者の態度である。

主人の口元はまだ時々ぴくりぴくり動いてゐる。怒りが消えないと見える。この小さな家庭の中に起つた出来事は、私には珍らしかつた。

白けた空気にも、お内儀さんは一向平気である。妹のお稲ちやんは一人間の悪さうな顔をしてゐる。

ややたつて、主人の気持も落着いたのだらう。そして、前とは反対の気持が少し動き初めたと見えて、一寸口籠つてから、こんな事を云つて訊ねかけた。

——初男の奴、何処へ行つただ。

お内儀さんは炉の火を見つめたまま、顔を上げない。

——さあ、あの子はいつもかうですよ。

主人はお内儀さんが取合はないので、又一寸不機嫌になる。

すると、何処からであらう、突然、ハーモニカの音が聞えてきた。山の夜は、随分遠くのもの音もきこえるものだ。私はきつと近所の坊の庭で誰かが吹いてゐるものと一人ぎめした。然しきいてゐると、馬鹿に近いやうにも思はれる。母親の傍に小さくなつてゐた稲ちやんが、その時急に笑ひ出した。

——兄ちやんだよ、父さん、ね、ハーモニカがきこえるだらう。

主人は吃驚したやうに妹の方を見る。

——何処でだ。

——お二階だよ、きつと。

主人はぼんやりと炉の火で煤けた天井を見上げた。成程さう云はれて見ると、この家の二階あたりから聞えてくる。

主人の顔は、瞬間、急に和らいだやうに見えた。

——何を吹いてゐるだ、お前知つてるか。

すると、お稲ちやんは、それには答へようとしないで、美しい糸切歯を見せて、ハーモニカに唱和するやうに、甲高い声で歌ひ出した。

——ふけ行く秋の夜空を眺め……

炉の灰に埋めて置いた、唐もろこしが、こんがり焼けてゐる。お内儀さんはそれを取り出して、「こんなもの喰べなさるかね」と云つて私に手渡す。

——初男、今度は鉄道唱歌をやれや。

主人は段々興にのつてきて、大声を上げて二階に呼びかける。すると、ハーモニカの音はぱつたり止んでしまつた。二階には燈をともしてないらしい。ハーモニカを吹きやめたあの少年の、少し陰気な、怜悧に光る美しい眸が、ふと私の心に浮んでくる。ややあつて、今度は古い鉄道唱歌がきこえてきた。主人は「御免なさいね」と私に云つて、肱を枕に横になる。目を細くしてきいてゐたのが、次第に瞼を閉ぢてしまふ。もう眠入つたかと思つてゐると、又一寸頭を擡げる。ハーモニカの音は朗々とまだきこえてゐた。

九、炉

主人《あるじ》は最後にお社のうしろで真紅な鳥を見た　さう云つて話すと一息入れた
——もう話はみんなです　山がお気に入りましたか
——もつと話して下さい　自然のことを
——さてなんだらう　自然と云へば　私共初め　まるで木立のやうだで

――ああ　さうです　あなた方の　あなた方のなかにある自然を……

主人《あるじ》は答へず、榾火《ほだび》を掻いた

母親の傍で　末の子は眠つてゐた　今のいま　はしやいだ子が　もう虫声を枕にして

十、夜の神楽

社殿の雪洞《ほんぼり》の微かな光になれてくると、私は漸く一塊りになつた講中の人々の姿を認め得た。新潟県女子青年の若い女達《ひと》だと云ふことである。髪の匂がしきりにする、櫛が光る。

お宮で、夜間にお神楽の献奏のあることも珍らしいが、こんな若い女の講中に出逢つたのも、私は初めてである。お神楽のある晩は、講中の泊つた坊では、宵のうちから門べに定紋入りの大提灯を吊す、そして時刻がくると、とととうとお宮で太鼓を打ち鳴らす、それを合図に、装束した人が提灯を手にして、暗い山道を宿坊まで出迎へにくるならはしである。

社中の若手の一人として、今夜の降神の舞に出ると云ふ、坊の主人に誘はれて、私も夜の中社の石段を登つたのであつた。控への間から本殿に通ずる仄暗い廊下のところで、私は美しい紅の狩衣をきた人を見かけた。狩衣の人は、同じく神楽の巫舞《みこまひ》に出る緋の袴をつけた一少女と立話をしてゐた。「お前一足さきに帰れるだらうな、父さん達は遅くなるからな」すると、少女は何か云ひ返してから、断念したやうに、「うんうん」と頷いてゐる。

社中の父娘のものらしい。お父さん達は神楽が終ると、皆してお神酒を頂くことになつてゐる、それで娘はさきに帰さうと云ふ心算らしい。二人《ふたり》の人は、私を見かけると、無言で道を譲つた。化粧と装束のせいで、十二三歳の、破瓜《はくわ》期前の少女も意外に大人びて見えた。

雪洞が揺れてゐる。神職がうやうやしく山の幸海の幸を神前に献ずる。雅楽がゆるやかに起る、お神楽は降神の舞から始まる。水継舞身滌舞巫舞御返幣舞弓矢舞と、次次に繰りひろげられる。神楽の衣裳は緑衫《りよくしん》紅裳とりどりに美くしい。この衣裳は全部で三千円かかるさうだ、そして毎年その内から五百円づつ新たに調へるのだと聞いてゐる。私はそんなつまらない事も一寸思ひ浮べてみた。廊下の方では、時々微かな笑声が起る、さうかと思ふと、巫舞の少女達の白い顔が一寸さし覗く、早寝の山の少女には自分達の番が待ち遠しいと見える、化粧した顔はもう眠たげに目を細くしてゐた。

御神楽も終りに近づくと、岩戸開の舞が始まる。この舞は大掛りであり、同時にもつともドラマチツクなものと云へよう。戸隠山は一名岩戸山と云はれる位、奥社に鎮座しますは手《た》力《ぢから》雄《を》命《のみこと》である。岩戸開の舞は、光栄あるこの山の祭神の功績をたたへるものだからである。

舞は、同じくこのとがくし山に日之御子社として祭られてゐる天鈿女命《あめのうづめのみこと》から始まる、笹と鈴を手にしたこの女の神様は、人も知る通り、フモールの神である。笹と鈴を打ち振つて、舞が刻々に陶酔と激情にうつつて行くとき、突如、疾風の如く、手力雄命の姿が現はれる、この勇武の神は、その面を拝するに魁偉である。長身の手力雄命は素早く、しかも軽々と舞台正面に設けられた岩戸を取り上げると、又足早く姿をかき消してしまふ、この岩戸の取り除かれたときには、講中一同私共もひれふして拝礼することになつてゐる。云ふまでもなく天照大神のみ光りを仰ぎ奉るからである。その美しい日本の夜明けをたたへるものは、岩戸開の舞に続いて行はれる少女の舞——直会《なほらひ》舞である。少女達は、その冴々としたみ光にときをつくる鶏の象徴である。新らしい呼吸、大きな息吹が生れ出たやうである。一瞬、あたりがしいーんとなる。さき程まで眠たげであつた、舞をまふ少女の眸はもう大きく見開かれてゐた。

この崇高な同時に明るい舞が、四隅に雪洞をともした舞台の上で終つたのは、もう夜も更けて、かれこれ十時頃であつたらう。

私は肌寒い夜の石段を下つて帰路についた。さき程から社殿の周りにゐて、見物してゐた坊の家族達、講中の人々、麻かきにいそがしい山に傭はれてきてゐる麓の女達、それらの人々が二三人づつかたまつて、「足もとを注意しないと危いよ」と云ひ合ひ乍ら下つて行つた。中には櫛を落したと云つて、立ちどまつて探してゐる者もあつた。この深い山にもかかはらず、戸隠には往時を偲ばせる大門町と云ふ名前が残つてゐる。善光寺と同じやうに、昔の門前町の名残りである。町とは名ばかりで、家は数へるばかり、更けると灯影も乏しい。大門町の方へぞろぞろ下つて行く人々と別れて、私は寂しい藪蔭の小径を急いでゐた。あの美しい感銘、大きな息吹きが、まだ私の身《から》体《だ》の中に通つてゐるやうで、興奮はいささかも消えてゐなかつた。私の前に一組の人人が行く、大きな影と小さな影である。小さな影が女児であるらしい、しきりに何か話しかけてゐる。大きな影は時々それに受け答へしてゐる、若やいだ美しい声であつた。巫舞の娘と迎への姉さんででもあるのか、さう思つてゐると、不意に二人の手にしてゐた提灯の燈は、道ばたから掻き消えてしまつた。星明りに、私が立ちどまつたのは大きな門の前であつた。この山に多い紅殻塗りではなく、あれは何と云ふのか、左右に武者窓めいたものが付いてゐる、古めかしい門構へであつた。立ちどまると、屋敷の内にでも引いてあるものか、流れの音がしきりに聞えてきた。私は何気なく門の内を一寸さし覗いてみた。屋敷は二棟になつてゐる、その間が古風な渡り廊下になつてゐるらしい。どうやら今しがたの娘達らしい笑ひ声がして、恰度廊下のところを提灯の燈が通りすぎて行つた。

「越智蔵人」

娘達の父親に違ひない、ややいかめしいその名前を門べの大きな標札に認め得た。少し歩き出すと、追かけるやうに、背後《うしろ》から木犀が強く匂つてきた。

十一、かまど池

星明りで読んだ、いかめしい門札のことは、何かのはづみによく私の心に浮んできた。そして一層私の好奇心を誘つたのは、もう古い屋敷の内には、あの武張つた名前の主人公はゐないと云ふ一事であつた。

門札にある主人は十年近くも前に身歿《みまか》つた人であつた。なんでもこの山では名門の家柄で、頗《すこぶ》る政治に凝つた人であるさうだ。誰云ふとなしに、「戸隠の西園寺さん」と呼ばれるやうになつたのも、さう云ふ政治熱に由るらしい。主人は政治の外には、庭作りにも心を打ちこんだらしい。つまり分限者らしい趣味を持つた人だつたのだ。ところで、この主人が亡くなると、屋敷の内には相続すべき男児がゐない。寡婦といくたりかの女児を残していつたのである。とがくしの家族制度は、とりわけ、神職の家には永い伝統と強い因襲が作用してゐる。そのためでもあらうか、未だに新しい主人を迎へようとはしない。父親のゐなくなつた後、この古い屋敷は、壁の少し崩れた門と云ひ、心持傾いた見事な破風の屋根と云ひ、すべてに寂寥の住むまゝになつてゐる。

坊のお内儀さんの話してくれるこの古い屋敷の物語りのなかから、私は珍らしい「かまど池」の由来をも聞くことが出来た。かまど池と云ふのは、やはりこの屋敷の庭続きにあつて、昔は一面に湿潤な土地であつたさうだが、今は屋敷の持山に続く崖下のところが、小さな水溜りになつてゐる、この水溜りを指して云ふのである。昔からの云ひ伝へによると、この池には皿かし姫と云ふ主《ぬし》がゐた。この姫は、屋敷で客を招いて酒宴を催ほすやうな場合には、きまつて必要な品々――皿小鉢の類を貸してくれたさうである。ところが、何代目かの主人の時、例によつて池の主から十枚の皿を借り受けたのであるが、粗相してその内の一枚を割つてしまつた。以来、もう再び、皿かし姫は何物も貸し与へなくなつてしまつたと云ふのである。

或日のこと、「どうですね、かまど池を見に行きなさらんか」とお内儀さんに誘はれて、私はこの屋敷の門をくぐつたのであつた。とがくしでは、昔の習慣《しきたり》が残つていて一寸人の家を訪ねるにも、何か土産を持つて行く、お内儀さんはそれらしい品物を風呂敷に包んでゐた。私もそれにならつて、梨を五つばかり買つて持参した。

門を這入ると、丈高い薄《すすき》の幾株かが、根元を紐でたばねられてゐるのを見た。お内儀さんは勝手口を一寸覗いて、「誰もゐなさらんのかな」と呟《つぶや》き乍ら、裏手の方に廻つて行つた。ほどなくお内儀さんと連れだつて、一人の裁附袴《たつつけ》の少女が現はれた。「今日はお客さんをお連れしましたよ」とお内儀さんが云ふと、「恰度、兎に餌をやつてゐましたで」と言訳をして、娘は別に悪びれる風もなく私に挨拶をした。

私達は導かれるまゝに、主人の自慢だつた苔蒸した庭を見てあるいた。屋敷の周りには、美しく澄んだ流れが引いてあつた。私はいつぞやの晩の水の音を思ひ出した。「お神楽のあつた晩に、貴女もお出かけでしたか」と訊ねると、何か意外の事をきくやうに、「はい、妹を迎へにまゐりました」と云つて、心持頬を赤らめた。

かまど池は、聞いてゐた通り、庭つづきの崖の下にあつた。庭に引いてゐる流れもこの池が源だと云ふ、「宅ではこの水を飲料水にしてゐます」と娘は云つたが、実際、伝説の主が住む池とは思はれない位、澄んだ清水であつた。流石に、池の周りには注連縄が張りまはされてゐた。かまど池のことは、もう古い昔の事で、よくは存じませんと云つてゐたが、なんでもずつと以前に、この山の上で式年祭のあつたとき、少女はその皿を見たことがあると云つた。七年目ごとに行なはれる、式年祭には、色々珍らしい物が出品されることになつてゐる、「なんですか、四角い形で、中に青い模様があつたやうな気がしますが」と少女は思ひ出すやうにしたが、「私も小ちやかつたから」と云つて急に黙つてしまつた。「ほんとにねえ、古いことですもの、清子さんのお宅では、父さんがまだ御丈夫だつた頃ね」とお内儀さんが云ふと、少女は軽く頷いた。式年祭のあるのは、唐松林が美しい新芽に萌え立つ、とがくし山の春である。

少女にしてみれば、かまど池の皿よりも、もつともつと思ひ出すことがあつたのだらう。「母は臥《ふ》せつてゐますから」と云つて、少女は炉端で、私共に甲斐々々しくお茶をすすめてくれた。炉端は昼でもうす暗かつた。炉の上は、冬の薪を貯へて置く中二階になつてゐる。少女は火棚からつけ木を取つて、赤々と榾《ほだ》火を燃やし始めた。「小母さんのお宅では、冬のお支度は出来ましたか、今年は薪も高いですねえ」などとお内儀さんに話してゐた。お内儀さんは「清ちやんも、すつかり、母さん代りにそんな事を云ふやうになつたのね」と云つて笑つてゐた。

束ねられた薄の穂先は銀のやうに光つてゐた。その庭先で、私共は、蕎麦落雁を紙に包んで差出す、この人なつこさうな少女と別れを告げた。私共が五六歩あるいたとき、少女は「小母さん」と云つて背後《うしろ》から声をかけた。

「栗がこんなに、ほら」

少女は、まぶしさうに目をあげて大樹の梢を指さしてゐた。

「ほんとに」

お内儀さんは云はれるままに足をとめて見上げた。私も立ちどまつた。

帰り道で、築地《つい》の下を歩き乍ら、お内儀さんはこんな事を話して笑つてゐた。

「あの清子つて娘はね、まだほんとにねんねでしてね、この間も私にこんな事を云ふのですよ、小母さん、こんなに物入の多い年は、又昔のやうに、かまど池から何か借してくれるやうになればいいですねえつて」

私はこの少女の詞には、心から同感した、そしてこの同感には哀憐の情をともなつた。

いづれは、もう嫁ぐ日も遠くない事だらう、この少女の華燭の夕べには、せめてもう一度、皿かし姫が現れて、入用の品を借してやればよいのにと思つた。

「いい娘さんですね、明るくて、罪がなくて……」

私はさう云ひ乍ら、ふと振返つて見た。あの半ば傾いた屋根の上には草が生えて、その戦《そよ》いでゐる草の上に、おほどかに午後の日があたつてゐた。

十二、燈火

「ラ・プラタの博物学者」の中で、自然の燈火に就て説かれた一節がある。

騎馬で夜の旅を続けるとき、馬は自然の火を見て非常に怖れると云ふことである。ここで云ふ自然の燈火とは、つまり電光燐光蛍の光の如きものである。しかるに、人工の燈、即ち電燈とか、人間が焚く火を認めた場合には、これとは反対に非常に勢ひづいてくる。それは、これら馴らされた馬にとつては、人工の燈と云ふものは、休息とか食事とかさう云ふ慰安物の象徴なのである。そして面白いことには、同じ動物の中でも、野生のものになると、この馴らされた馬とは恰度反対の立場にある。彼等は人間の焚く火を殊のほか怖れると云ふのである。つまり野獣よけにキャンプで焚火をする所以である。これは結局火の意味を習慣的に知ると知らぬに依るのかもしれない。

私は曾て或る友と二人きりで、夜ふけの林道を歩いた事があつた。林道は渓谷にそつてゐて、瀧津瀬の音が絶えず耳に響いてゐた。すると、その友は何を思つたか、突然樹木が怖ろしいと云ひ出した。そして、非常に不機嫌になつてしまつた。樹木とか瀧とか渓谷とか、さう云ふいささかも人工の加はつてゐないものは、何よりも怖ろしいと云ふのだ。つまり、それらのものは、人間の意志から独立してゐる、人間の意志の加はつてゐるものは、たとへ、一本の煙突でも、一個の郵便箱でも、なつかしいものぢやないか、私と私の友はそんな議論をしながら、やつとの思ひで林道を抜け出て、小さな村の入口の燈を認めたのであつた。その時、私は心の中で、果してさう云ふものかなと、半ばいぶかる気持でゐた。

先年の秋、私は戸隠山中で、月のない真の暗夜に出会つた。

大きな石の鳥居のたつてゐる社前に、ほど近いところだつた。

私はそのとき、自分がここ幾日か寝起きしてゐたのが、こんな山深い所だつたかと、今さらのやうに思はれた。そして、「暗さ」と云ふものが一つの概念としてでなく自分の目の前にあることに心付いた。

戸がくしでは、杉の古木で枝が左右に広くひらいたのを「扇になる」と云つてゐる。

さう云ふ扇になつた巨木が、私の前後左右に林立してゐた。樹の下によると、幾日か前に降つた雨の滴が、今もなほ冷たく首筋に落ちてくるやうだ。私はふと恐怖を感じた。しかしそれは単に恐怖と云ふだけでは当らない。それは正に、何物かの意志を感じたとでも云ふべきだらう。自分と、そして自分を取巻いてゐる多くの巨木、それがあまりに明瞭に区別されてゐることが、私に恐怖の心を起させたのだ。そして、何故か、自分だけが、非常に卑少なもののやうに思はれてならなかつた。

私が宿つてゐた坊の方へ引き返さうと試みたとき、暗の中で、私の目よりはよほど高い所に、燈が一つぽつと浮び出た。見てゐる間に、燈は揺れながら、少しづつ下にくだつてきた。私は瞬間、そこに石段があつたことをやつと思ひ出した。そして揺れてゐる燈は、人が手にしてゐる提灯に違ひないと気が付いた。後で考へて見ると可笑しくなる位、私はそのときホツとした気持がした。

提灯が近づくのを待つよりも、私は寧ろ、それにひきつけられるやうにして、進んでいつた。

提灯を手にしてゐたのは、まだ年の若い禰宜《ねぎ》であつた。白い着物に袴をきちんとつけて、どうやらお社の帰りらしかつたが、御神酒でも少し飲んだものらしく、頬は艶やかに光つてゐた。

灯をさし向けて、私を認めると軽く会釈して行きすぎようとしたが、又振り返つて、

「どちらにお泊りですか、暗うございませう、御一緒に参りませうか」と云つた。

私にはさう云つて話しかけてくれる人間と、人間の言葉がまるで幾日振りかで見聞するもののやうに思はれた。そして、その一人の人間が、稀少な、白米のやうな鮮やかさであつた。

若い禰宜は一寸嚔《くさめ》をして歩き初めた。提灯の火が動き出すと、私はほとんど無意識で、その後に従つた。云はば、提灯の燈だけでも、もう充分に私にはなつかしいものだつたのだ。

それから幾日か後に、ふとした機会で、私は懐中電燈を嫌ふ戸隠の一少年を知つて、すくなからず驚いた。

「まぶしくつて、いけねえや」

少年はさう云ふ簡単な理由で云ひ訳をしてゐたが、好奇な私の心には、それも珍らしいことだつた。

山道の草叢で、思ひがけない季節に、光りながら飛んで行く、蒼い少し不気味な蛍光よりも、私には懐中電燈の灯の方が、やはり幾分は安心が置けるやうに思はれるのだ。

十三、戸隠天狗

日のあたる所では、まだ山蜂がぶん〳〵と眠さうな唸りをたててゐた。私の背後にこつそり廻つた少年は、突然、肩越しに、「はい、とが天の写真だよ」と云つて、一葉の写真を私の膝の上に、ぽんと投げるとそのまゝ、走り去つてしまつた。

手に取つてみると、明治初年のものらしく、黄ろくなつてゐる。古い写真には、反つて一種のハイカラを感じることがあるが、これにも一寸そんな趣向がある。まるで外国の写真のやうである。戸隠の村営牧場でとつたものらしい。白と黒の斑の乳牛が一頭うつつてゐる、その側に、一人の人物が見える、詰襟の服を着て、洋杖《ステツキ》を突いてゐる。見るからに強健な感じがする。口の周りにはいかめしい髭が有り、眼光は炯炯としてゐる。少年が、とが天と呼んだのはこの人物のことらしい。とが天と云ふのは略称で、まことは戸隠天狗である。私が廊下に座つて、「随分、ハイカラなお天狗様だな」と思ひ乍ら、写真を打眺めてゐると、かつと夕陽のさした庭のうちに、ひよつくり坊の主人が這入つて来た。十日間のお宮の務めをすまして今帰つてきたところらしい。白無地の装束のまゝである。「何を見てゐなさるね」と遠くから声をかけたが、近づいて私の手にしてゐる物を見ると、急に相好を崩した、「うん、お父さんのかね」

私が坊の主人から、とが天の話をきいたのは、もう余程前のこと、主人がお宮に行く前の晩のことであつた。主人はそんな話をした事もすつかり忘れてゐたらしい。戸隠天狗と云ふ人物は、この坊の主人の父に当る。主人が未だ幼い時に亡くなつたので、主人もかうして写真を見てぼんやり思ひ出す位で、容貌すらも、はつきり記憶してゐないらしい。

とが天に就ては、主人の母親その他の人々の話を綜合してこんなふうに話してくれた。

主人の父は一時神職の仕事を廃して、長野の営林署に勤めてゐた事があつた。これはどう云ふ理由によるのか知らない、恐らく私の推測であるが、世襲的な神職の家などに生れた人には、「もつと広い世界に出て見たい」さう云ふ夢を持つものだらう。兎に角、父は長野に勤める事になつても、住居はやはり戸隠に持つて、毎日長野まで通つてゐた。今でこそ、中社と善光寺の間には、日に幾回かの乗合自動車が動いてゐるが、当時はもとよりそんな便利なものがあらう筈はない。通勤には山の人の健脚に頼る外はない。そこで、この人は、毎朝八時に始まる役所に間に合ふために、六時頃には山を下つて行く。さうして健脚にまかせて、戸隠善光寺間四里余の道を二時間足らずで歩いてしまふ、日暮には、又仕事を終へて山に帰つてくる、毎日々々、八里の山道を往復しても、一向に疲れる様子も見えない。歩いて行くのを見るとまるで飛ぶやうである。それが町でも段々評判になつた。

秋の頃だと、町で貰つた菊の鉢を軽々と片手にのせて、長野の町はづれ、横沢町から塩沢鉱泉の傍を抜けて、すたすたと戸隠に帰つてゆく。炯々とした眼光と、夕闇のなかから、浮き出てゐる、この人の長身は道のべで遊んでゐた幼童達を振りかへらせた。「そをら、とがくしの御天狗様が帰つて行く」と互に囁くやうになつてしまつた。

これも、坊の主人の話である。父が身歿《みまか》つてから、もう幾年も後のことである。漸く青年になつた主人は、一時は廃絶してゐた家を継いで神職になつてゐた。神職のつとめとして、山の奥社のお宮番をしなければならなかつた。誰でも云ふことだが、奥社のお宮番はなかなか骨が折れる。実際、昔のやうに、十二の坊があつた時分とは違つて、そのころではもう、逆川の畔に、昼間だけ開いてゐる茶店が一軒あるきりで、全く人里離れてゐる。夕暮など、逆川を渡つて、杉の古木、樅の大樹を左右に見ながら、随身門のあたりまでくると、陰々とした風が起る。朱の色の少しくはげた随身門に祭られた将軍の像が夕闇のなかで、かつと目を開いてゐる。そこから又急な石段が続く、その石段を登りつめた所に、この山特有の、険しいきりたつた岩石を背にして、九頭龍様と奥社がある。平地と云へば、その社《やしろ》のある僅かばかりの敷地だけである。奥社と九頭龍様の他に今一棟あるのが社務所である、それらの建物は風雪にそまつて、まるで、岩に彫りつけられたやうな態である。

そんなもの寂しい社務所の内に、主人は一人の飯炊きの老爺と暮してゐた。夜は、野猿の鳴き声もきかれる。どうかすると、家の軒ちかくまで姿を現はすことがある。白衣で神に奉仕する人にも、時には、青年らしい、あこがれも起きる、人里も恋しくなる。お宮につとめてゐる間は、原則として自家には帰れない。中社の自宅に戻れないとすると、人の顔を見るのは、まづ参拝者に限られてしまふ、それとても、季節によれば、幾日も参拝のない事さへある。「まづ、なんと云ふだか、海の燈台守、全く燈台守みてえなものさねえ」主人は、宮番の日の気持をそんな風に説明してゐた。

ところで、或る早春の夕方の事であつた。早春と云つても、冬の永い戸隠のことであるから、春めいてくるのは五月頃であらう。

昼すぎから降つた雨が、やつと小降りになり、主人が机の上のランプに燈を入れる頃にはやんでしまつた。飯炊の老爺は、中社まで薪を取りに行つたなり、いつかな帰つてこない。

端居《はし》してゐると、雨上りの土には、何か生暖い呼吸が感じられる、ふつと何かが顔に触れるやうだ。若い係恋《あこがれ》が胸に浮ぶのもそんな時だ、「こんな日には、ジヒシンでもきかれるかな」と主人は心の中で思つて見る。ジヒシンと云ふのは、戸隠では霊鳥とされてゐる慈悲心鳥のことである。慈悲心鳥は、春浅い、そんな雨のそぼ降る暗い夕方によく鳴くものとされてゐる。生殖時に鳴く。さうも云はれてゐる。主人は、いつぞや、参拝客に子供連れの婦人があつて、その婦人が折鶴を社務所に忘れていつた事があつた。その紫色の紙の折鶴を、ちよこなんと机の上にのせて、ぼんやり眺めてゐる。すると、遠くで下駄の音がする、下駄の音は、険しい石段を登つてくるらしく、ちかづいてくる。「実際、そんな時には、背のびでもして見たくなりますよ」

と主人は付け加へてゐた。登つて来た人を見ると、五十がらみの百姓風の男である。傘を手にしてゐない所を見ると、今迄、中社の坊で雨宿りでもしてゐたらしい。その男は、男は、やがて参拝をすませると、型の如く社務所の前までやつてきた。お札を頂きたいと云ふ、それを貰ひ受けると、火をお借しなすつてと云つて、今度は腰を掛けて一服吹かし初めた。

主人は、お愛想のつもりで、「何処から来なすつたかね」と訊ねると、飯山の在だと答へた。

そして、以前には毎年参拝してゐたが、近頃では、すつかり不精してゐた、それで今日思ひ立つてやつて来ましたが、お蔭で罰かぶつて、雨に遭ひましたよ、と云つて笑つてゐた。

その男は立ち去りしなに、何か思ひ出した風に一寸考へ事をして、「時に、この山にはトガ天と云ふ人《じん》がゐなすつたが、今も達者でゐなさるかね」と訊いた。

主人は突嗟に、「親父のことだ」と思つた。然し、主人にして見れば、お父さんが戸隠天狗と呼ばれてたと云ふ一つの事実ももう随分記憶の遠くの方にあつた。云はば伝説のやうであつた。それが何年も経た現在、見知らぬお百姓の口から出た。伝説が現実になつたのである。主人はすつかり面喰つてしまつたのだ。

「あゝ、その方なら、もう遥か以前に亡くなりましたよ」

主人は、我知らず、そんな返事をしてしまつた。

お百姓はそれをきくと、「ふん、ふん、さうですかい、もう古い事だから、達者な人でゐなすつたがねえ」と云つて、そのまゝ会釈をして帰つて行つた。

「私の父《とつ》さんの事ですよ」と、それがどうして自分の口から出なかつたのだらうか主人はさう考へると、へんに口惜しくてならなかつた。まるで、そのお百姓が戸隠天狗ででもあるかのやうに、主人は、何時までも、石段を降りて行く下駄の音に聴耳をたててゐた。

十四、戸隠びと

善光寺の町で
鮭を一疋さげた老人に行き逢つた
枯れた薄を　着物につけて
それは山から降りて来た人

薪を背負つてきた男
「春になつたら　お出かけなして」
月の寒い晩
薪を売つて　鮭を買つた
老人は小指が一本足りなかつた

十五、夕景色

柿の実のよく熟する処は、もうそれだけでも、その土地の気候のよい証拠であると、戸隠地方では人がよくそんな事を云ふ、して見ると柵村などは上水内郡でも比較的温暖な処に違ひない。

私はとある農家の庭に見た、小粒な、光沢の美しい柿のことを思ひ出してゐる、それから、足利期の文学にあつたと云ふ、「柿系図」と云ふやうな戯文の事も考へて見る。柵村と戸隠村の境になつてゐる大きな沢を渡つて、折橋と呼ぶところに出て、そこから小学校と戸隠村役場のある上野までの道を歩いた。時刻は恰度夕日が明るく落ちて行くところであつた。

戸隠中社行のバスの切符売場は、村はづれの小さな荒物屋である。私は店の内に這入つて、炉端に腰を掛け時間のくる迄待つ事にした。旗を出して置きますから、バスがくれば家の前で停る、どうかごゆるりお休み下さいと主人は云ひ乍ら、煙管《キセル》にキザミを詰めこむ、一服喫ふと又立ち上る、それもその筈で、もう私が休んでからでも、入れかはり立ちかはり何人となく御客がやつてくるのである。御客はおほかた農夫である。畑の装束のまゝでのつそりと這入つてくる。品物はなんでもある。雑貨類、菓子類、清酒、干物、文房具、それが店の間や棚の上にぎつしり置いてある。見てゐると、農夫の多くは酒を買つて行く、中には下物《さかな》にするのだらう、鰯の缶詰を買ふものもある。

「お前《めえ》すまねえが、ついでのことに一寸《ちよつくら》それを開けてくれねえかや」

「おい、きた」

主人は迷惑さうな顔もせず早速缶詰をあけてやる。

農夫と入れかはりに、農家の内儀《かみ》さんらしい女《ひと》も這入つてくる。

「豆腐はもう来たかや」

「来たけんど、へえ終《を》へちやつた」

土間にゐた小僧が水を充した桶の中を覗いて見て、さう答へる。

「いつくるだね、早くしねえと、俺方《おらほう》の晩飯が終へちやうだに」

お内儀さんは不服さうに口を尖らせる。

そのお内儀さんの袖の下をくゞるやうにして、小さな子供が一人這入つてくる。主人の方に向つて、黙つて手を出す、その掌の上で、夕明りに十銭銀貨がぴかりと光つてゐる。

「菓子かな、菓子なら一寸待つてくれや、小父さんは今日はめたいそがしくつて」

主人は子供の方を見てさう云ふ、そして炉端に戻つてきて、せはしさうに一服やる煙管をぽん〳〵と敲いてから、一寸私の方を見る。

「いらい遅いやうだね、今夜は山の月並神楽ださうですがね」

私は先刻から村の夕方の買物帳を眺めてゐた訳である。

「あなたの所は繁昌しますね」と云ふと、「どうして、いつもこれなら結構ですが、今夜は特別、村の祭りでさあ」と答へる。

主人は背のびをして、棚の上から菓子の這入つた石油缶を取りにかかる。

「繭が値が高くて、麻がいゝ、炭もいゝときてゐる、これでお前様《めえ》、祭に物が買へねえやうなこんぢや、一体どうするだね」

これは頗る《すこぶ》機嫌のよい主人の独白《ひとりごと》である。

客のなかには、鮭を買つて行くものもある。戸隠山では華燭の夕べの肴は鮭か鱒にきまつてゐるさうだ。藁包みが解れるときには、店の内は一寸人だかりがする感じである。「はあ、これでようごわす」と買手のお内儀さんは巾着をしつかり胸の所で押へたま、嬉しさうに眺めてゐる、このお内儀さんも嘗《かつ》ては、鮭や鱒の前にお白粉を厚く塗つて坐つたお嫁さんの一人に違ひない。

自動車の音がする。私はバスが来たのかと思つて外を覗いてみると、トラックであつた。トラックの上で男が大声をあげて主人を呼んでゐる。主人は「あいよ」と答へてから、小さな紙切に筆を走らせてゐる。この一台のトラックが戸隠の物資輸送車である。夕方山で色々注文をきいて長野に帰る、そして翌朝、品々を町で調へて戸隠まで搬んでくるのである。

トラックが静かに動き出す。戦闘帽を冠つた男は又大声で主人に呼びかける。

「おーい、桜枝町はいらねえかよう、金平糖はいらねえかよう」

何の事だか私には分らない。出つ歯の主人は一寸にやりとして、恥しさうに、ちらりと私の方を見る。

一しきり客足が途絶えたかと思つてゐると又ひとり、今度は老人が這入つてきた。老人は幼児を半纏《てん》おんぶにしてゐる、百姓の隠居であるらしい。

「皆さん、お疲れでごわす」

主人は戸口の夕闇を覗きこむやうにする。老人の姿を見定めると、極めて冷淡に返詞をした。

「はあお疲れ」

老人の目の周りには、まるで蓋をしたやうに目脂がべつたりついてゐる。背の幼児をゆすぶり乍ら、怯《お》づ〳〵した様子である。

「この間の話なあ、お前さん考へ直して呉れなすつたかね」

老人の言葉に主人は返詞をしない、わざとらしく立つて行つて棚から品物を卸しにかかる。老人は一寸私の方を見る、間の悪さうな顔付である。

「この間の話よなあ、清さん」

老人は少し言葉に力を入れて同じことをもう一度云ふ。すると主人は漸く、こちらに向き直つた。

「いくど云つても同じこんだでなあ、ぢいさん」

主人はさう云つたきりである。

「同じこんだせえ云つたつて」と老人は後の方は口の中で云つてゐる、その口もとは微かに震へてゐる。汚ならしい乱杭歯がちら〳〵見える。

主人は、老人が又何か云ひさうにすると、聞えないやうな振りをして、奥の方へ這入つて行つた。

私はこの老人がお客でない事を知つたのである。老人の顔には明らかに不快な表情が浮んでゐた。然し、それも束の間で、私の方をちらりと見ると卑屈な薄笑ひを洩して、とんとんと背の子供を敲き初めた。そして、「またこよう、またこよう」と同じく背の子供に云ひきかせるやうにして、こつそりと店の外に出て行つた。

私は荒物屋の店さきで一時間の余も、さうやつて待たされたのである。もう酒を買ひにくる農夫もない、お内儀さんの姿も見えない、店の前では村の子供達が遊んでゐるだけだ。私は退屈まぎれにそれを眺めてゐる。子供達は円く輪を作つて、それを広ろげたり狭《せば》めたりしてゐる。気がついて見ると、バスの標杭が立つてゐる所に、例の老人がまだゐる、老人も夕風の中で子供達の遊びを眺めてゐるらしい。さうかと思つてゐると、老人は時々店の方を振り返つて見る、その様子がどうやら私でもゐなくなつたら又這入つてきて、主人相手にさき程の話を続けようと考へてゐるやうだ。

恰度、その時、戸隠の中社から豆腐屋さんがやつてきた。自転車に乗つて、後に妙なアルミの箱をつけてゐる。

「おそかつた、おそかつた」と主人は手を振つて豆腐屋さんに叱言を云つてゐる、豆腐屋は頭を掻き乍ら、例のアルミの箱から豆腐を取り出して水を充たした桶の中に一つびとつ沈めてゐる。桶の中も暗くなつて、よく見えないらしい。

私は豆腐屋の来たのを合図に、遂にしびれを切らして立ち上つた。主人からバスの切符を貰つて外に出た。「間の悪い時は仕方がねえなあ」と主人は、豆腐屋のことやら、自動車のことやら、どつちともつかないやうな事を呟いてゐた。

子供は一人減り二人減りして、遊びの輪はだいぶん小さくなつてゐた。小さな子供の中にまじつて十六七の背の高い少女がゐる、それが夕闇に白い頰をくつきりと浮き出させてゐる。

老人はと見ると、子を負つて相変らず行つたり来たりしてゐる、そして一寸立ちどまると、暮れて行く戸隠山の方を眺めてゐる。

「そをら、な、戸隠様が夕焼けてござる」

老人はそんな事を呟く。一寸無邪気な表情である。

「あしたは天気になーれ」

子供達の輪がさう云つて一しきり囃し立てる。すると、まるでそれに調子を合せるやうに、とんとんと背の子供を敲き乍ら、眠かせるつもりであらう、老人は軽く足拍子をとりだした。

十六、乗合自動車

乗合自動車は、傾斜《なぞへ》になつた戸隠道を走つてゐた。

午後の五時に善光寺を出るのが最終となつてゐるが、今日はその前後に臨時が二台も出た。この車もその臨時の中の一台である。秋に這入ると乗客は減る一方なのだが、今夜は山に月並神楽の客がある。客の多くは近在の農夫、その他は、中社、宝光社から町へ用達に行つた戻り客である。

さんざ上野で待ちあぐんだ私は、車に乗らうとすると、入れ換へに、お婆さんと、その娘らしい中年の女が降りて来た。

「よいと、お婆《ばあ》、降りやせう」

中年の女は、老婆の手を引いて、入口のところで、そんな事を云つた。「よいと」と云ふのは静かに位の意味だらう、もう町ではこんな言葉は聞かれない。北信濃の古い訛りである。

月並神楽に参拝する農夫達は、今夜はそれぞれ坊に一泊して、御神楽を見ると、坊で出す一合の酒を頂いて、明日の午後には又山を下るのである。昔は、往復ともに、飯綱山の裾を縫うてゐる本街道にそつて、歩行で登つたものだが、今年のやうな景気では、農夫達も自動車の方を好むらしい。切符を中折のリボンの間に挟んで、硝子窓に顔を押しつけるやうにして、薄の原の夕景色を眺め乍ら、声高に話してゐる。

ぎつしり詰つた車内は空席とてはもとよりない、やつとの事で吊革にぶらさがつた私は前に席を占めてゐたヘルメット帽を冠つた老人と顔が合つた。私の宿つてゐる坊とは隣合せに住んでゐる老いた神職で、少し耳の遠い人である。骨董が好きで、暇があると善光寺の町に下りて行き、古い壺だとか茶碗だとかを買つてくるのだと聞いてゐたが、今日も、どうやらその戻り道であるらしい。

老人は耳の遠いお蔭で、車内の話声も様々の雑音もとんとお構ひない様子である。

自分の心の中にだけ住む事の出来る者の、清らかな然し又何処やら寂しい面持である。それにしても、この秋の夕暮にヘルメット帽とは、少し奇抜すぎはしないかしら、私はそんな事を思ひ乍ら、吊革にぶらさがつたまゝ、軽く会釈した。老人の表情は突然動揺した。呼びさまされでもしたやうに、びくりとして、次の瞬間、甚だ慇懃な挨拶を返した。そして一わたり周囲の人々の顔を見廻してから、又ぢつと、私の方を眺める。孤独と誠実が、そのうるんだやうな眸の中に明瞭にうかがはれる。

偶然、車内に自分の知人が一人ゐた。その事をいくらか他の乗客に誇示して見る、老人にはそんな気持もあつたか知れない。兎に角老人はぢつと私の顔を見上げてゐる、何か私が言葉をかけるのを待つてゐるやうな様子である。然し不幸なことに、老人は耳が遠い、私は一度この老人と筆談を交した事を記憶してゐた。筆談でなければ一寸話が通じ兼ねるのだ。まさかこの混み合つた車中でそんなことも出来ない。私はさう思つて、口を噤んでゐた。それにしても、このヘルメット姿で、町の古道具屋の前に立つた姿を想像すると無精に佗しい。恐らく、あの調子では店の人とも満足に話しも出来まい。紙と鉛筆を借りて用を達すとしても、結局、意地の悪い商人に飜弄され、法外な値をつけられて、くだらぬ物を買はされたに違ひない。その法外な値を付けられた品物が、今大きな海老茶の風呂敷に包まれて、大切さうに老人の膝の上にのつてゐる。……

運転手の脇には、大きな風呂敷包を持ちこんで、その上に傍若無人に腰を掛けてゐる男もある。どうやら長野辺の商店番頭であるらしい。先刻から、しきりに皆の話を引きとつて愛嬌を振り撒いてゐる。

「お前《めえ》、二人分の賃銭を出さなきやなんねえぞ」

運転手がさう云つて、からかふと、

「なあに、そんねことがあらすかい、俺《おら》、腰掛持参で乗つてゐるだもの」

若い男も、なか〳〵負けてはゐない。

「大きな荷物を持ちこんで、一体、何がそのなかに這入つてゐるだ」

乗客の一人が、訊くと、

「毛糸もの、冬の支度でさあ」と答へる。

「どうせなんだ、お前《めえ》の持つてるものは、女衆の襷ぐれえだらず」

運転手がさう云つて、まぜかへすと、車内の人達は、農夫達もどつと笑ひ声を立てる。

隅の方に席をとつて、子供に胸をはだけて乳を飲ませてゐた坊の若いお内儀さんは、急に顔を赧くして下をむいてしまつた。すると、すかさず、向ひの男が声を掛ける。

「重野のお光さん、明日の昼くれえには、きつと、奴さんがお前さん方にも行くだから、決して高いものを買はされるぢやねえですぜ」

皆の視線が、一瞬、若い女の方に集まつた。

「ひようきんな事ばかり云つて」

お内儀さんは辛うじてさう云ふと、益々顔を赤くする。

「長野にゐれば、模範店員だせえ云はれるが、山にくると、俺もへえ盗人《ぬすつと》扱ひされる」

番頭は、わざと、ふくれ面《つら》をして見せて、運転手の頭を、一つこつんと敲く真似をする。

ヘッドライトが、杉の木立の間を照して行く、急な坂にかかつて、徐行すると、虫の音が益々はつきり聞えてくる。水を打つたやうな静かな秋の夜である。坊の前にくると、一々運転手が聞いて車を停める、農夫達は二三人づつ組になつて降りて行く、「皆さん、おやすみ」と少し語尾を長く引つ張る。何処かの坊の中では太鼓の音が聞えてゐた。「越後の衆だらう」と誰かが云ふ、越後の客は踊りが好きだから今夜も酒を飲んで太鼓を敲いてゐるのだらう。

私はたうとう、吊革にぶらさがつたままであつた。

ふと気がつくと、先刻からの車内の笑ひ声にも取り残されたかのやうに、例のヘルメットの老人は、ぽつねんと坐つてゐた。もつとも、取り残されたと考へるのは私の方だけで、老人は、相変らず、自分の心の中にだけ住んでゐる清らな、然し乍ら寂しい面持で、時々、こつそり私の顔を、下から覗きこんでゐる。「何か言葉をかけてくれさうなものだ」或ひは、老人は未だそんな事を思つてゐたのかも知れない。

十七、冬物語

雪の降り歇《や》んだ後の、山の上の空工合は、一寸はにかんだやうな紅色が、うつすらと雲をふちどつてゐる。雪は少し積つてゐるが、まだまだ柔かい。とがくし中社の大門通、坂になつた雪の上を、坊の少婢が一心に走つてくる、走つてくる。

私は立ちどまつて、それをば眺めてゐる。乗合自動車の運転手も、ステップに片足をかけたまゝ、ぢつと眺めてゐる。やがて、運転手は声をかける。「由ちやん、俺《おら》に用事があるのかよー」少婢は息せき切つて走つてくるので、答へやうにも声が出ないらしい。着ぶくれた上に、赤い毛糸の首巻をくる〳〵と無造作に巻きつけてゐる。胸にしつかり抱いてゐる風呂敷包を片手で高く差し上げて見せる。これを善光寺の町までことづけて呉れと云ふ意味らしい。私は、今にも少婢はころびはしないかと危ぶむ。運転手もきつとさう思つたのだらう。ステップに掛けてゐた片足を降して、二三歩前に歩き出した。

昼少し前から降り出した雪である。一時は風も出て吹雪になつた。破風の屋根に、激しく吹きあてゝゐた。それが夕方になると、ぱつたり歇んでしまつた。今、空気のなかに、何かきびしい、美しい、痛いやうなものが残つてゐる。

「もう、今年はあと一度か二度くれえだなあ、春までは由ちやんの顔も拝めねえ」

運転手は少婢から風呂敷包を受けとると、顔を見ないで、そんな冗談を云つて、さつさと運転台に乗りこんでしまふ。

「宝光社までは、冬ぢゆう、ずつと来なさるかねい」

「さうさ、さうすりや、宝光社まで迎へに来てくれるかや、由ちやんになんだ手を引いて貰つて、中社まで餅でも御馳走になりにこようか」

運転手は白髪《しらが》まじりの老人である。少女の眸は、「さうすれば、いいね」と人なつこさうに云つてゐる。首の周りに立てた赤い毛糸のなかから覗いてゐる梟のやうなつぶらな眸である。

自動車は、私一人の客を乗せて、滑るやうに坂を下り出した――。戸隠十一月半ばのことである。

運転手と少女の会話の通り、上水内地方は信濃国でも別して冬の来るのが早い。十二月に這入ると、県道線の乗合《バス》も、とがくしの入口、宝光社部落までしかこなくなる。それもその年の雪量如何で、不通になる日もあれば、ずつと下《しも》の、上野附近までしか通はなくなることもある。さうなると寂しい神社部落は、もうすつかり孤り者の姿に還へる。或ひは、本来の姿に還へると云つてよいかも知れない。

孤り者になつた戸隠の神社部落、それに就ては、私も知る所がない。又知る人も少なからう、十一月の半ば、県道線のバスが跡絶えてから、よく年の春、唐松の新芽の萠える迄の永い間の、山の上の燈と生活は、私の想像を誘ふことしきりである。

幾年か前の冬、とがくし奥社の社務所は雪害をかうむつた。年若い神職の一人は、雪崩のために死んでしまつた。そんな、いたましい事件も、とがくしの冬の孤独な性格の中から起きるのである。雪崩と云つても、とがくしのは別種である。土地の人はババと呼んでゐる。私はこのババはどう云ふ文字を用ゐるか知る所はない。アルプス地方大町附近でも、雪崩をこのやうに呼んでゐるらしい。ババは、例へば、奥社附近にある断崖の上に、雪が徐々に風に搬ばれて来て集積する、その大きな雪塊の重量が一時にどつと落ちかかるのである。

断崖に沿つて建てられた小さな家などは、一たまりもない筈である、険しい自然の中に生を享けた若い神職は、その同じい山の激しい自然に押しひしがれて死んで行くのである。

由来、信州の人には享楽がないと謂ふ。性情が甚だストイックだと云はれるのである。南信濃飯田地方のやうな平原を近く控へた所は別として、一般に、この評価はあてはまるやうに思はれる。まして、山地、とがくしの如き、冬枯の山のきびしい性格の中には、人間の享楽を見出すことは容易でない。

試みに、私は坊のお内儀に、冬の生活を訊ねて見た事がある。

「何の楽しみが有る事《こん》ですか、御覧の通り、十一月からさきは、かうやつて火を燃して、それにあたつてゐるばかり、男の衆で、酒の飲める人は酒を飲む、それだけの事《こん》ですよ」

ざつと、こんな返答であつた。

「女の人達は何をしてゐるのです」

私の無遠慮な問ひに、お内儀さんは、一寸面喰つた様子であつた。

「女の衆にね、女に楽しみなんてありませうか」

お内儀さんの語るところによると、戸隠の正月も、山の上の松飾りが取られる迄はそれでも楽しい集ひが続くらしい。あちらの坊でも、こちらの坊でも、親しい人達だけが集まつて、花を引いたり、百人一首を読んだりする。さう云ふ席では、男の人達は酒をやる、恰度、北欧のヴヱルムランドあたりの人々が、牧師も農夫も、激しい寒さと、自然の威圧に抗する為にプンシユ酒を飲み、ポルカを踊るのとが一般である。

「ここらでは、年中誰も浮き〳〵してゐる事はない。百姓も地主も、朝から沈鬱してゐる。併し晩になればその心が解ける。それは酒のお蔭である。頓智の言葉も出る、暖かい情も現れる、世の中が面白さうに見える、美しい声で歌を唄ふものもある、薔薇の花も匂ふ……」

セルマ・ラゲルレフは、このやうに、ゲスタア・ベルリング物語の中で云つてゐる。北欧の冬の人間生活を描いたものである。

孤独な戸隠の性格のなかでも、人々は世の中が面白く思へてくる時もあらうし、「薔薇の花も匂ふ」事だつてあるかも知れない。

戸隠の冬の薔薇は、少女達は、母親や女房連と一緒に、小豆を煮て喰べたり、或ひはお汁粉をこさへたりする。「百人一首もいいけれど、若い時は、負けて顔に墨を塗られるのが、ほんにせつなかつたですよ」とお内儀さんが述懐してゐた。その若い頃の話であらう。「田鶴《たづ》ちやんは、ほんに美しい娘でしたよ」と冒頭にことわつて、戸隠の冬の薔薇の一つの話を私にしてくれた。

田鶴と云ふ少女も、やはり某の聚長の娘であつた。聚長の家と云ふのは、社中の神職のことである。正月の或る夜のことであつた。やつぱりさう云ふ娘達の集ひがあつて、宵早くから、若いお内儀さんは田鶴を誘つて行つたものであつた。

若い娘や女房連に、屋敷の男達も加はつて例によつて、百人一首、それから花合と云ふ工合に進んで行つた。負けたものは墨を塗られる。その夜は三度迄も田鶴は負けてしまつた。塗られる度に、皆が笑ひころげる。田鶴も最初は笑つてゐたが、三度目の時には、変にこわばつたやうな表情をして、目に涙をためてゐた。思ふに、神経質な少女であつたのだらう、その上、悪い事には、札が一枚足りないと誰かが云ひ出した。皆は自分の敷いてゐる坐蒲団までめくつて探してゐた。すると、突然、田鶴が「すみません、有りましたわ」と云つて自分の袂から一枚の札を取り出した。もう半分泣声のやうであつた。ところが、その一枚と云ふのはもみぢの札であつた。よせばよかつたのに、「あれ田鶴ちやんは、随分黒い紅葉さんねえ」と一人の娘が意地の悪い冗談を云つた。

戸隠には古くから「紅葉狩伝説」が残つてゐる、鬼になつた紅葉と云ふ女性は、素《も》と美しい娘であつたと伝へられてゐる。この場合の頓智は、その「紅葉」になぞらへて、偶々田鶴が顔に墨を塗られてゐたので、「黒いもみぢさん」と云つたものであらう、兎も角その優れた即興に、一座の人々は思はず声を出して笑つた。お内儀さんも笑つてしまつた。田鶴はゐたたまらなく感じたのであらう、つと立つと、襖を開けて隣の間に逃れてしまつた。

瞬間、皆は黙つてしまつた。或る者は、「悪い事を云つた」と思つたのだらう、或る者は、「あの温しい田鶴ちやんが」とその突然の振舞に不審を抱いた。男の一人が、さあ初めませうぜと云つて、札を切つたが、一向に気乗りがしなかつた。座がすつかり白けてしまつたのだ。その夜は、戸外は積雪も相当あつた。間を置いて表山の方でがうがうと風に木が鳴る。思ひ出したやうに、屋根の雪が落ちかかる音がする。誰かが、もう帰りませうかと云ひ出したのを機《しほ》に、皆輿に乗らないまゝに帰り支度を初めた。すると、突然、襖が開いて、田鶴が静かに這入つて来た。田鶴はもうすつかり顔の墨を落してゐた。それればかりでなく美しく化粧をほどこしてゐた。黙つて、お内儀さんの隣の席に戻つた。「田鶴ちやん、あんたは又どうして」さう云つて、お内儀さんは心易だてに話しかけようとしたが、日頃惚々する田鶴の横顔が、唯美しいとばかり思はれなかつた。寒々とした化粧の匂ひに、お内儀さんは一寸身の引きしまるやうな不思議な気持がした。

「ですから、その晩は、悪いと思つたが、田鶴ちやんを誘はずに一人で帰りましたよ」と云つてお内儀さんは話し終つた。表山の八方睨みの上あたりで、冬の大きな星が一つ、ぴかりと光つてゐた、さう云ふ印象も忘れられないと語つてゐた。

「田鶴つて云ふのですか、その娘《ひと》は」私がさう云つてきくと、お内儀さんは「ええ」と答へたが、「今でも、戸隠にゐる女ですか」ときき返すと、お内儀さんは一寸薄笑を洩して、「さあ、どうですかね」と云つて、言葉を濁してしまつた。

私は、有りさうにもない話を、有りさうな話としてきかされたのである。私は又このやうにも考へる、このお内儀さんから、巧みに戸隠の古伝説の一つをきかされたのではなかつたかと。

実際、北欧の炉端には、ブンシユ酒とポルカと、「諾威王物語《ノルウエイ》」やいくつかの氷島人のSagaが在るやうに、冬の永い戸隠の炉の周りにも、地主の神様である九頭龍様のことや、多くの巨人物語、聖僧物語の外に、大人と子供の間に交される、或は、好んで青年子女の話し合ふ、哀れ深い戸隠のSagaが、美しい冬物語が残つてゐるのでなからうか。

紅葉狩伝説

その一　鬼

鬼無里《きなさ》と柵《しがらみ》は、私が久しい以前から、いちど訪ねたいと思つてゐた村々である。

長野の町で、桜桃すもも杏の花の一時にひらく春に遭ふと、私は裾花の上流を思つた、そして、その流域の地、鬼無里を眉間に描いてみた。又、秋の頃、戸隠登山を試みる度に、私は指呼の間にある柵の村まで、足を延ばさうかと屢々考へた。しかるに、私の性来の怠慢は、いつもその機を逸してしまつた。

昭和十四年九月下旬、私は戸隠中社で十日余りを過した。そしてその際、私は宿望の一部を漸く果し得たのであつた。

鬼無里、柵の村々は、戸隠、芋井と共に、信濃国上水内郡の裏山内と呼ばれてゐる。土地の人が俗に「むかふ峠」と云つてゐる一連の低い山脈――虫倉山彙を自然の垣根として、表山内裏山内の名称が生れたのであらう。

鬼無里、柵は美しい村ではない。蕎麦畑、麻畑、それに幾つかの寺院を数へて見ても、とりたてて珍らしいと云ふ程のものもない。私がかう云ふ比較的人煙の乏しい高原部落の村あるきを試みたのは何によつたか——。これには少し説明を必要とする。

上水内地方には、古くから鬼女の伝説が残つてゐる。鬼女は紅葉に作り、余吾将軍平維茂がこれを討伐した事になつてゐる。しがらみ鬼無里は並びにこの鬼女紅葉にゆかりの地なのである。

鬼女伝説と云ふものは、頗《すこぶ》る人口に膾炙《くわいしや》した物語ではあるが、私の寡聞を以てすれば、僅に謡曲の「紅葉狩」をとどめるだけで、所謂物語文学の形式では何も残つてゐないやうである。しかし乍ら、私は幸ひとがくし中社に滞在中、いろんな人の口から、この素朴な物語をきくことが出来た。又小冊子も読んだ、そして、或る機会に、戸隠の宮司久山氏の家宝となつてゐる「とかくし山絵巻」と云ふ二巻の絵巻物をも見ることを得たのであつた。その結果、いつとはなしに、私が「鬼女伝説」と云ふものを考へる場合に、それが古伝説であると同時に、私の空想裡の所産、私の一つのイメージになつてしまつた。私はこの極めて幼稚な一つのイメージを充たすために、紅葉ゆかりの村、しがらみ鬼無里行を思ひ立つたのであつた。

そこで、私の「紅葉狩伝説」は実は私の「しがらみ紀行」になる筈であつた。ところが、これは私も半ば予期した事であつたが、しがらみ行は、私の単なる楽しい村あるきに終つてしまつた。従つて私はこの「しがらみ紀行」を叙する前に、少し鬼の話を書いておかねばならなくなつた。私がここで鬼の話と云ふのは、とがくしの、いろんな人の口からきいた鬼の正体に外ならない。

もう幾年くらゐ前になるか。

学生時代に、水筒を肩にして戸隠登山を試みた私は、まづ何よりも、見事な草屋根の坊がいくつもある事に一驚した。私の全く予期しなかつた事である。私は某の坊に憩ふて、偶々、座敷に茶を搬んでくれた少女を捉へて、早速鬼の話を持ち出したものである。少女は何喰はぬ顔をして、頗《すこぶ》る冷然と「鬼が棲んでゐたのは戸隠山ではありません、荒倉山の事でせう、ここからでも山が見えると思ひますが」と云つて、廊下に出ると、少し背のびするやうな恰好をして指さして教へてくれた。

少女が荒倉山と云つたのは、中社からだと、すぐ目の前に見える、独立した、小さな、樹木の鬱蒼とした山であつた。

私の「紅葉狩伝説」の知識も、当時は概ねこの程度であつた。

ついで、私は坊を出て奥社に詣でる途次、茶店で一冊の甚だ簡単な案内記を買つた。私はその案内記の所々を拾ひ読みしながら、奥社道を歩いていつた。中社の坂を登り、ラヂオの放送で有名になつた小鳥の森の傍を通り、眺望のひらけた平坦な道にでた。季節は紅葉には少し早かつたが、山風はもう充分冷たかつた。ところどころに白樺《しらかんば》の木がある、人気のない山道では、その白い幹が一寸気味が悪かつた。

私は、案内記中、ある一箇所に頗る心を動かした。それは鬼の話であつた。柳田国男先生の説と云ふものが引いてあつて、鬼とか山人などと呼ばれるものは、素と劣敗異種の者で、その劣敗異種が、山深く奥へ奥へと逃げこんで、岩石の間に、あたかも名残の雪のやうに平安朝初まで消えなかつたものだらうと記《しる》してあつた事である。私には、残雪の譬へが、如何にも物佗しく覚えたのだ。

案内記に夢中になつてゐた私は、突然、頭の上に甲高い声をきいた。驚いて見上げると、栗の大木の梢に、土地の少年らしいのが二三人登つてゐた。樹の上から、一寸人を威すやうな素振りをした。少年達の澄んだ美しい声も、当時の思出の中から、鮮かに、蘇へつてくる。

奥社に詣でた私は、とがくし村営牧場にも廻つて見たが、欧洲のアルプス地方の牧場と同じやうに、秋冷がくると、牛や馬は麓に下つてしまふらしく、もうそれらしい姿は見えなかつた。「狂ひ馬に御注意下さい」と云ふ札が一枚入口に立つてゐて、牧場の草は、飄々とまるで夢のやうにそよいでゐた。

私は帰り道に、もう一度某の坊を訪れた、お茶の一杯でも所望するつもりであつた。

某の坊では、大きな炉端で熾んに火を焚いてゐて、傍に、半白の初老の人が、山袴を穿いて居睡るごとく静かに坐つてゐた。「御座敷の方へどうぞ」とすすめられたが、私は「こちらの方が勝手です」と断つて、炉端で少時疲れを休めた。

夏の頃から、かうやつて一日火を焚いてゐるらしい、そのせゐであらう、天井は煤けて真黒になつてゐた。炉はそのまはりに六人や七人は充分に坐れる位の大きさである。それを老人が一人占めしてゐる。その感じがへんに寂しい。老人はいたつて無口の人らしい。私のためにお茶を淹れようとしたが、お客用の茶碗がない、老人はあたりを見廻したが、なかなか自身立つて行かうとはしない。老人は一寸気むづかしい顔をして手を敲いた。返事がない。すると、又敲かうとはなかなかしない。

しばらくたつてからである。漸く一人の婦人が顔を出した、客があつたので吃驚した風で、私に向つて軽く会釈した。細面である、色白な、睫毛の長いのがとりわけ目立つてゐる。伏目になつて私の前に湯呑をおくと、小声で老人に何か囁やいた。押し黙つたこの老人は、例の居睡るやうな懶《ものう》い声で「さき程の客人だ、奥社に詣つて又来なすつたのだ」と説明した。婦人は頷くと、又立ち上つて次の間の方へ出て行つた。

私は炉の中から枯枝を拾つて、不器用な手付で莨《たばこ》に火をつけた。老人はふと気がついた風で、吐月峯《とげつぼう》を私の方に押しやり乍ら、「お客さん、お風呂が沸いてゐますよ、山にくると、お風呂が一番御馳走です」と云つて、初めて微笑を洩した。

私は云はれるまゝに湯に浸つた。昼の虫声をうつとりときいてゐるうちに、気分が甚だ爽快になつた。炉端に戻つてくると、老人はさき程の姿勢のまゝで坐つてゐた。そして炉の周りには、若い婦人と今ひとり、六十路ちかい老婆が坐つてゐた。老婆はしきりに、襦袢の袖で目のふちを拭いてゐる。炉の煙が目に泌みるためだらう。勝手の戸が開いて、先刻の少女が顔を出した。この屋敷の少婢であるらしい。とがくしの俗か、山袴を短かく穿いてゐる。その山袴の結び目から、紅の三尺帯が見えるのが一寸可憐である。総じて少年少女の山袴姿は可愛いものだ。「奥様、雨が降り出しましたぞな」少女は老婆に向つてさう云つて声をかける。外は明るく日が射してゐる。山の日和雨であるらしい。

少女は目ざとく私を見つけると、「あれ、学生さん又戻りなすつたの」と云つた。さき程の冷然とした態度とは打つてかはり、甚だ愛嬌がある。「荒倉山に行きなすつたかね」と訊ねる。私が首を振つてみせると、「そんなら、これからお出かけかね」と云ふ、老婆はくくくと笑つて、「お前、今雨だと云つたではないかや、雨が降るのに誰が荒倉なんぞに行きなさるかね」一寸少婢をたしなめる風に云ふ。「でも、さいぜん、鬼女の話を訊ねなすつたから、鬼の岩屋にでも行きなさるかと思つて」少婢は負けてゐないで、さう云つて言葉を返す。私は図らずも鬼の話が出たので、心中ひそかに喜んだのであつた。

紅葉の話が出ると、老人は又いかにもつまらなさうに、煙管を口に銜《くは》へて、先刻のやうに居睡るやうな表情をする。私はやむを得ず、話のつぎ穂を老婆の方に向けてみた。老婆は例によつて、襦袢の袖で目のふちを拭き乍ら、「何を申しても、昔のお話で、全くお伽噺でございますもの」と答へて、一向に話に乗つてこようとしない。いつの間にか、炉端へ来て、若い婦人の隣に坐つた少婢が又口を出す。「お澄様は知つてゐなさるかね」お澄さんと呼ばれた若い婦人は「さあね」と故意《わざ》とらしく首を傾《かし》げてみせたが、少婢の話に誘はれた風に、「縫ちやん、あんたの方がよく知つてゐるでせう」と云つて、二人の間だけに聞える程度の低い声で、何やら話を初める。話の中で、「くれは」と云ふ言葉が、しきりに二人の口から出る、私は、それだけをききとる事が出来たが、どうやら、その「くれは」が話の中心であるらしい。「くれは」とは何者だらう。私は不審に思つて、横合から口を出して尋ねて見た。すると、二人はぴたりと話をやめて、顔を見合せて笑ふ。

「呉羽と云ふのは、紅葉のことでございますの」

若い婦人は漸くさう云つて私に返詞をした。

「鬼の紅葉は呉羽と云つたのですか」

「ええ、若い頃」

婦人はさう答へてから、「ねえ、さうでしたわねえ、母さん」と老婆の方を顧みる。

老婆はつるりと顔を撫でると、話を引きとるやうにして、「ええ、ええ、そりやあもう若い時分には、美しい上臈様だつたと云ふじやありませんか」と云つて、後は何か問はず語りのやうに、言葉を続ける。私は老婆の話にきき入り乍ら、時々、若い婦人の方も見る。婦人の睫毛の長いことは先に云つた。心持ち面を伏せてゐるところを見ると、それが美しい草の穂のやうに思はれる。瞬きする、それから一寸面をあげる。老人が炉端のところで、こつんこつんと煙管を敲く、私は、はつと我に還る、老婆の話はまだ続いてゐた。……

夕刻、私は土地の名物だと云つて、蕎麦を一杯御馳走になつた。帰り際になつて、老人は先刻からの不愛想を詫びるつもりか「こんなものを、貴方達はたんと見なさらんでせうね」と云つて、枝のまゝ、通草《あけび》の実を見せてくれた。そして「娘達が、いたづらに採つてきたのです」と話して呉れた。

私の学生時代の戸隠登山は、こんな事で終つてしまつた。

鬼の正体が、岩間の残りの雪のやうに消えて行つた山人の果てであつたら、私は、あらためてその跡を尋ねる気持ちも起らない。私は暫く呉羽の話を信じよう。呉羽は、美しいしがらみ少女であつたと謂ふ。

その二　少女呉羽

私が少女呉羽の有ることを最初に聴いたのは某《なにがし》の坊の娘、お澄さんからであると云つた。

呉羽は成人した後、京に行つて紅葉と呼ぶやうになつたものらしい。併し乍ら、この少女呉羽に就ては、素とより何等信憑するに足る事実としてはないのである。唯私はこの恐ろしい鬼女紅葉に、呉羽と名乗つた、額髪の、しがらみ少女の時代が仮りにあつたとしたら、それだけでもたいへん面白いやうに思へたのである。幸ひ、私は戸隠中社滞在中に、土地の史家の筆になつた小冊子を手に入れることが出来た。私はその小冊子に依つて、少し呉羽の事を書いて置かうと考へる。

清和天皇の貞観八年に、反逆の罪に坐して、遠く伊豆に流された者に、伴の善男と謂ふ者があつた。島に在《あ》つた伴氏はその後宛されて、奥州の方に遷つた。この伴氏の末裔に笹丸と謂ふ人があつた。笹丸は奥州会津地方に住み、又信濃国水内郡にうつり住んだとも云はれてゐる。要するに、伴氏は流浪して、多く寒冷辺陲《へんすい》の地を撰び、みちのくから遥々と信濃国に移住したものと思はれる。笹丸が信濃に居を卜したのは、上水内郡柵村下祖山小字平出であつた。ところで、この笹丸には、年来の一つの野望があつた。それは再び上洛して、旧のごとく伴氏の地位を得たいと云ふ事である。今一つ、これは妻菊世との間に、子供のなかつた事である。笹丸はそれを非常に残念に思つた。何としても子供が欲しいと思ひ、尋常の事では駄目であるから、神仏になりと祈願して一子を授からうと思ひついたのであつた。笹丸夫妻の祈願したのは、天界第六天の魔王であつた。笹丸夫妻の信心は漸く功を奏して、妻は懐妊した。そして承平七年冬十一月の候に生れ出たのが、一女児呉羽であつた。呉羽は性甚だ怜悧であり、それに加へて、麗質玉のやうな美しい女児であつた。この魔王の申し子と云ふのが、そもそも紅葉狩伝説の女性としての一つの伏線であると云つてもよからう。

呉羽は長じて益々容姿《すがた》の美しい少女となつた。髪は身丈に余る程あつたと謂ふ。物詣りなどに出かける呉羽の姿を見かけると、村の若い者は心をときめかせた。中には近づかうとする者も出てきた。しかし、皆一様に、呉羽の美しさに、或る神秘を感じてゐたことも事実であつた。

笹丸は自分の寒生涯を考へた。そして、一方では、娘呉羽の美貌を常々惜んでゐたのである。この美貌を惜む心と、例の年来の野心が、いつとはなしに一つになつてしまつた。笹丸が上洛を決意したのは、天暦七年呉羽十七歳の時であつた。笹丸一行の出立は恰も信濃の秋であつた。とがくし地方は寒冷の土地であるけれども、古来紅葉の美しい所であつた。村人達は一行との別れを惜み、中の或る者は、呉羽がふるさとの地を忘れぬ栞として、美しい紅葉の枝を折つて贐《はなむけ》にした。

笹丸一行は無事京につくと、居を定めてから、努めて貴人に近づかうとした。その頃既に、呉羽は名を上臈らしく紅葉と改めてゐたのである。見出されて紅葉の仕へたのは、源経基の後室であつた。侍女となつた信濃の一少女は、その美しい容姿が、たちまち殿中でも評判になつた。経基も遂にこの少女を認めたのである、そしてこれを寵愛した。紅葉がさう云ふ身分のある人の側室になると云ふことは、兼々笹丸も望んでゐたことである。笹丸は、この機会を利用し、経基に取り入つて、父祖の昔の位置に還らうと謀つたものであらう。然し、紅葉には恩寵に狃《な》れる傾きがあつた。そしてそれが嵩じると遂に僭上の振舞をするやうになつた。既にデヱモンが紅葉の心に作用してゐたのかも知れない。その結果、紅葉は殿中から追はれ、流竄《るざん》の身となつたのである。紅葉は傷心の父と母を伴つて、再び生れ故郷である信濃国へと落ちて行つた。時に天暦十年九月であると謂ふから、紅葉が京に住居したのは僅かに三年余の年月に過ぎない。紅葉の一行は、尾花の靡き伏す、秋の早く来る北国往還をたどつて、七二会《あひ》の里から大道峠を越えて、鬼無里《きなさ》に出た。鬼無里は柵《しがらみ》村の隣村に当る。その頃は水無瀬と呼んでゐたものらしい。その水無瀬の奥日影と云ふ地に居を卜したのであつた。紅葉は時既に懐妊してゐた。奥日影で生み落した男児には経若丸と名付けた。これは源経基の胤であるから、このやうに呼んだものであらう。

鬼無里に於ける紅葉は、もう昔日の少女呉羽とは全く趣きを異にしてゐた。性来の怜悧美貌の上に、都の生活を経てきて、殊に源家一族の人の寵愛を享けたと云ふのであるから、村人に接するにも、ことさらに威厳を示さうとした。又一方では、紅葉は医術呪術をも心得てゐるごとく見せて、努めて村人の尊敬を集めようと計つた。その美しさも、可憐とか優美とか云ふのではなくて、既に妖艶の域に達してゐたものであらう。つまり、素朴な村の男女にとつて、この京から落ちのびてきた一女性は、呪物《フェティ》崇拝《シズム》の対象となつたのである。紅葉もこの呪物崇拝の心理を応用して、自分達一族の生計をはかつたものであらう。即ち、紅葉はこの寂しい山里にあつても、都ながらの生活を努めて営まうとした。それかあらぬか、鬼無里の奥日影地方には現在でも土地に相応しくないやうな地名が残つてゐる。内裏屋敷、西京《にしの》、東京《ひがしの》、春日、加茂、清水、高尾、二条、四条、五条、館武士等々のそれである。西京東京二条四条五条等を見れば、宛然古の都市計画の跡のやうにも考へられる。これらの地名が果して紅葉の生活と関繋する所あつたかどうかはさておいて、紅葉はその様な分不相応な生活を営むにつれて、必然経費《つひえ》のことも考へなくてはならなかつた。

当時、紅葉の周囲には、才幹美貌に迷はされて多くの野武士豪士の類が集まつてゐた。紅葉はこれらの者を利用し、使嗾《しそう》して、次第に四隣近在を侵すやうになつた。つまり、野盗に近い行為を敢てしたのであつた。これは単なる女性の虚栄の心からか、或ひは為にする所あつたのか分明されてゐない。それはともかくとして、これらの風聞は次第に京へも伝はつて行つた。一方鬼無里の村人も、漸く紅葉信仰の迷妄から、めざめてきた。その結果、奥日影の地も、既に紅葉にとつて安住の地ではなかつた。そこで、紅葉は配下の者を従へて、鬼無里と柵を境する、孤立した一つの山、荒倉山に立て籠るに至つたのであつた。斯くのごとく、紅葉の奥日影に生活したのは、二十歳の時から三十歳迄の間十一年の年月であつた。

荒倉山にあつては、紅葉は所謂岩屋の生活をいとなんだ。北国往還を旅する人を襲ひ、村々に侵入して財を掠めた。紅葉に於ける「鬼」は、後人が紅葉の行為と、まぼろしに描く鬼とを一致させて考へた外に、紅葉自身の創作もあつたやうに思はれる。即ち世人を威嚇する必要から、異相を呈したり、行為や生活の上に、不思議を示したものと考へられる。

次に、この紅葉を退治した人は、余吾将軍平維茂であつたと云ふのは周知の事であるが、一説には「鬼切丸」で有名な源満仲とするものもある。

信濃守に封を受けた余吾将軍平維茂は、京から下つて、先づ信濃国小県郡御所村に館した。別所の観音に祈願した等と云ふ口碑も伝はつてゐる。維茂は兵を率ゐて、先づ柵盆地に入つた。寂しい秋風の村里である。維茂は鬼女の所在をたしかめる為に、武神八幡大菩薩を念じて、一矢を天に向けて放つた。矢は西北に流れて、裾花川を越え、志垣の丘に落ちた。それによつて、維茂は駒を進めた。維茂は謡曲「紅葉狩」に出てくる所謂風の懸けたる藤かつらの柵の橋を渡つて志垣平に出て、其処で、矢が地の上に立つてゐるのを見出した。維茂の矢を放つたところ、矢の落ちた所は、並びに今は矢本八幡矢先八幡の両社が祭られてゐる。荒倉山一帯で行はれた、鬼女討伐については、私は詳述を避けて置かう。

尚、鬼女紅葉の配下には、女賊もゐたらしい。俗説に鬼のおまんと云ふ女がある。頭株であつたらしい。この女の頭髪は久しく戸隠山に保存されてゐて、七年目ごとの式年祭などには、陳列されたものらしいが、今日に於てはその事もやんだ。

或ひは謂ふ、紅葉は素と源家一族の妾であつて、しかも一子を得てゐたものである。そして、京から討伐に下つたのが平家の将軍であるとすると、これは偶々一地方に見られた源平二氏の争覇であつて、紅葉の乱は、単なる鬼賊の行為ではなかつたものだらうと、これは世の女性擁護者《フエミニスト》の恐らく左袒するところとなるであらう。もつとも、今日に於ても、柵村志垣の矢先八幡社の境内に、芳賀矢一博士撰文、阪正臣氏筆の余吾将軍遺跡の碑が立つてゐて、それによると、古来信濃国は本邦人文史上にも種々なる関係あり、殊に山河交錯地勢甚だ変化に富むが故に、伝説口碑の類が少しとしない。歴史は往々、時の勢力に掣肘されてその真を伝へぬ場合が多いが、伝説は断した場合に、却つて大きな史料をもたらすものである云々と、概略このやうな事が記されてゐる。これによつて見れば、源平争覇の挿話も、必ずしも一笑に附されない事かも知れない。

少女呉羽を敍するつもりで、私の筆は遂に紅葉狩にまで及んでしまつた。私は事のついでに、所謂「とかくし山絵巻」にも触れて置かうと考へる。「とかくし山絵巻」は戸隠旧本坊別当職旧観修院久山氏の蔵する所のものである。

その三　とかくし山絵巻

とかくし山絵巻は古くからこの山に有つたものではないらしい。

戸隠山久山家の初代に慈谿師と云ふ人があつた。この人は嘉永五年叡山から転じて、戸隠山顯光寺六十七代の別当職となつた僧である。この僧が偶々京都の書肆で買ひもとめたものと云はれてゐる。今一つの説も有る。それによると、この絵巻は明治御維新後まで、信州柏原の旧家中村家にあつたもので、それを大中の庄屋清水与兵衛氏が貰ひうけたものとされてゐる。もつとも、その後の消息は不明で、それがどう云ふ経路を辿つて久山家に伝はつたか分明でない。中村家は土地の名家の末であつて京都との交通もあつたと云ふから、何れにしても、絵巻はもと京都から出たものらしい。

私が旧観修院別当職久山家を訪ねたのは、秋雨のしと〳〵と降るうそ寒い午後であつた。しがらみ行を試みた年の秋、その僅かに二三日前のことである。久山家には、土地の名家に相応しい明眸皓歯の少年がゐる。私はその少年への土産に梨の実をいくつか持つて行つた。草屋根の門を這入つて、静かな雨の庭を、甃の上をあるいて行くと、表玄関には、いかめしい定紋入の幕が張りつめてある。人影は見えない。裏手に廻つて刺を通ずると、何処かへ出かけるところと見えて、白い襟巻をしたこの家の主《あるじ》人の弟さんが出てきた。絵巻の事は前日話してあつたのである。「午前中お見えになるかと思つて、お待ちしましたが、雨降りなのでやめなすつたかと思つて」と云つて、恰度よかつた私はこれから宝光社まで行かうと思つてゐたのでしたと云つた。

弟さんと云つても年は五十をすぎてゐる。まだ独身の人である。

「今日は暗くていけませんね、座敷の縁側にしませうか」と弟さんは襟巻を取り乍ら云ふ。

書院造りの暗い座敷を通つて、私は奥庭に面した縁側に案内された。縁側と云つても畳敷きである。手焙《てあぶ》が搬ばれる。茶道具が搬ばれる。弟さんが「しばらくお待ちなすつて」と云つて、絵巻物を倉に取りに行つた間、私は、ぽつねんとして、雨に煙る林泉の趣きを眺めてゐた。

古い屋敷には、一種の匂ひがつきものである。夏からこの方、あまり使はない部屋なのであらう、襖を開けひろげた十二畳の座敷の方から、何かこもつたやうな匂ひが漂つてくる。よく見ると、薄暗い床の間の、花活には白い小さな花が活けてある。まるで造花のやうである。婦人の白い額《ぬか》、一寸そんな気持もする。

私は、これから見せてもらう絵巻物のことを考へてみる。すると、私の想像の中に浮んでくるのは、歌舞伎の「紅葉狩」の舞台面である。

やがて、軸物の箱を二つ持つて、弟さんがやつてきた。大切さうに箱を置くと、「お待ち遠う様」と云つて、私と向ひあつて坐る。弟さんは仲々箱をあけようとはしない。朝日の袋を袂から取り出すと、一本に火を付け乍ら、「どうも莨がしけつていけませんね」と云ふ、それから、ゆつくりと如何にも旨さうにその一本を喫《す》ひ初める。今度は、一寸猪口を口にやるやうな手付をして、「あなたはこの方はおやりですか」と訊ねる。そして、「こんな山に来なさると、御勉強ばかりでもいけますまい」と云ふ。私が酒は飲めないと答へると、如何にも感じ入つたやうに、「ほう、さうですか」と云つたが、やうやく箱を引きよせて「それぢや、勉強の方を初めませうか」と云つて坐り直した。

絵巻物は上下二巻からなつてゐる。竪一尺長さは上下とも四十尺余り。「古いものですとも、さよう、平安朝の頃のものだと云ひますが」と云ひ乍ら、弟さんは叮寧に絵巻物を繰りひろげ初める。平仮名書の詞書がある、次に美しい彩色の絵が有る、次に又詞書が出てくる、巻物はさう云ふ順序である。絵は上下二巻で十二葉あると謂ふ。地紙には金銀四季草の模様が這入つてゐる、上巻の絵は一寸風俗絵巻を見るやうである。下巻の方になると、所謂とかくし山の鬼征伐の図で、華麗な戦絵巻である。詞書はつまり絵の説明になるのだが、御家流の私共には極めて読みづらいものである。弟さんは気をきかして、その詞書の印刷したものを見せてくれた。私はそれによつて、辛じて、この物語の意味を読みとつたのであつた。時代は元正、養老の御代である。そして鬼征伐の大将は、きびの大臣となつてゐる、その従ふ勇士も、そがの川まる、きのさだをと記《しる》されてゐる、私共には一向に馴染のない人の名前である。それよりも驚いた事には、所謂鬼の正体は、九しやう大王に作られてゐて、絵で見る鬼の大王は、異相の、大江山伝説の鬼にちかい。妖艶な鬼女紅葉は、絵にも出てこなければ、詞書の中でも、少しもそれに触れてゐない。私は初めてこの「とかくし山絵巻」と云ふ文学が、一つの異説の鬼伝説を取り扱つてゐる事に気づいたのであつた。

詞書中、とかくし山に就ては「……彼の山と申すは、越中の立山に加賀の白山とつづき候が、険しき事なか〳〵鳥ならでは通ふべきやうなし、とうしゆ茂りて、月日の光明らかならず、木の葉積りて通なければ、たま〳〵往きかふ人とても、帰るさを弁へず、眼に遮るもの、空かける翼、耳に触るゝものは峯と嵐、谷の水音、これらの外にをとするものは候はず」と記《しる》されてゐるが、かう云ふ形容も、深山幽谷を叙する一般の形容にすぎないし、絵に現はれてゐる山の姿も、特に、とがくし山を感じられない。かう云ふ所から考へると、これが異説の物語であると同時に、画家が京にあつてこの鬼伝説を描くために、材をとがくし川に選んで、空想裡に、絵筆をとつたものと思はれる。

尚、絵の中には、きびの大臣一行が、山中で二人の美しい女房に出逢ふ所、峯のあたりで、幕をうち廻し屏風を立てて、いくたりかの性の知れぬ上﨟達と酒盛りをしてゐる図などが有る。そして、その詞書に、「林間に酒をあたためて紅葉をたく風情もかくやと」云々の文字が見えてゐるのなどは一寸面白い。大臣一行の装束は、きびの大臣は緋縅《ひをどし》の鎧に赤地の錦の直垂《ひたたれ》を召し、二尺八寸の大刀を佩き、そがの川まるは萌黄縅、きのさだをは小桜縅の各々目のさめるやうな美しい鎧をつけてゐる。絵巻の最後は、詞書にはないが、見事鬼退治に成功した大臣が、都に還つて、美しい姫を得て、その華燭の夕べと思はれる一葉の絵で終つてゐる。詞書では、討たれた鬼の首は京の七条河原に曝されて、それを見聞きするものは、ひたすら、朝威の厳尊なる事を思つたと云ふ事で終つてゐる。

尚、これは少し考証に属するが、弟さんが平安朝のものだと云つたのは、雑誌「國華」に坂井衡平氏がのせられた説であつて、その後私は京都帝国大学講師源豊宗氏の研究されたところを聞くことが出来た。それによると、地紙に金地の絵を入れたのは、足利、桃山、江戸初期あたりのものの特徴で、絵は住吉風を加味した土佐絵であると云ふ事であつた。

山の雨の夕方は暮れるのが早い、見終つた絵巻を又静かに弟さんが巻き初める頃は、もう縁側も少し暗くなつてきた。それに秋冷が一入《ひとしほ》である。火種の消えた手焙を前にして、弟さんは「どうです、夜分にでも又お出かけになりませんか」と云ふ。「子供だましのやうですが、玉蜀黍《たうもろこし》でも炉端で焼いて進ぜませう」と云つて微笑した。旧本坊久山家の庭は蕭々と秋雨に煙つてゐる。私は座を立ちあがり乍ら、ふと前庭の方に眸をやつた。とかくし山別当職の昔を偲ばせる、「山中支配領内守護不入」の碑のあたりを、屋敷の娘さんの静枝さんが傘して歩いて行かれた。

その四　しがらみ紀行

とかくしの霧雨が一日降つて歇《や》むと、雞頭の色が冴える、俄かに秋冷を増す。まだ時雨空には早いやうだが、何分雷と雨の多い山の上の事であるから、晴れ間を見つけ次第明日にでも行つて見ませうと、坊の主人は私にすすめてくれた。お内儀さんは柵村《しがらみ》出身である。私共の試みようとする遠足をしきりに冷評する。「何ですねえ、芸もない、しがらみ村なんて行きなすつたつて、麻の畑が有るきりで、何も見るものはありもしない。貴方達はほんにひようきんな人達だ」

私は顔を合せる度に、この信州言葉を、あびせかけられるので、どうやら自分で自分がひようきんな男に見えてくる。

お宮で朝を知らせる太鼓は、もうこの頃だと暗いうちから打ち鳴らされる。私はいつになくこの太鼓の音で目が醒めてしまつた。空工合は少し曇つてゐるやうだ。お内儀さんは炉端で赤々と火を焚いてゐる。主人の分と私の分と、お弁当を二つこさへてくれた。「たんとお上りなさいな、都合で夜にでもなつたらと思つて、二つ三つ余分に握つてありますから」と云ふ。竹の皮包を覗いてみると、「高野聖」の御僧の言葉ではないが、お菜は干瓢《かんぺう》と椎茸である。握飯は頗る大きい。

曇り空は時々明るい陽がさしてくる。どうやらお天気になるらしい。私達が出掛けようとしてゐると、入れ違ひに、足拵へを厳重にして、蝙蝠傘を片手にした男が、大きな風呂敷を背負つて這入つてきた。薬売だと謂ふ。

「富山ですか」と訊くと、いいえと答へる、言葉に上方の訛りがある。奈良の高市からくる人ださうだ。私達がこれから柵村に行くのだと云ふと、「昨日と一昨日、あの辺を廻つてきましたが、今は麻かきでいそがしさうですよ」と云ふ。信州路から越後に這入り、それから奥州の方に廻つて、そこで冬を迎へようとする旅の商人だ。

私達はひつそりとした里坊町の通りを下つて行つた。綺麗な流れがある。遠くに見える農家の庭には、まだ少し霧がかかつてゐる、その霧の中から赤いおいらん花の咲いてゐるのが、ぼんやりうかがはれる。戸隠の農家は名のみである。山の狭間の僅かばかりの畑を耕やしてゐるだけで、それも主に女房達の仕事である。男は家で竹編細工をしてゐる、とがくしの篠竹は名高い、それが寧ろ生業と謂ふものだらう。

道で逢ふ誰彼となく、主人は朝の挨拶を交してから、柵村への遠足の云ひ訳を残して行く、小学生は叮寧に帽子をとつて、私達にお辞儀をする、児童は宝光杜の分教場に通ふのと、高等科のある上野の学校まで行くのと二組ある。ところで、私はこの少年少女の為に甚だ手痛い思ひをしたのである。

恰度、私達が日の御子社のちかく迄下つて来たときであつた。後の方からくる一組の児童があつた。ひん曲つた徽章の学帽を冠つた者や、カバンを引きづるやうに長く肩に掛けた者や、海老茶袴の女児もそのうちに二人ばかり交じつてゐた。主人は振り返つて見ると、大声で呼びかけた。「おーい、道草喰はねえで早く行けやい、学校におくれるぞ」

子供達は吃驚したやうな顔をして、急に駈け足になつた。そして私達を追ひ越してすこし行くと、振り返つて子供同志で何か囁やいてゐる。それから又ゆつくりと歩き出した。歩き乍らその中の一人が一寸又振り返へる、又次に一人がこちらを見る、一人が首を縮める真似をする。しばらく行つて、或る曲り角を廻ると、突然子供達の姿が見えなくなつてしまつた。今迄聞えてゐた話声も足音も、少しも聞えない。私は不審に思つたので主人に訊ねて見た。すると、主人は「野郎つ子たちは間道を伝つて行つたのでせう」と事もなげに云ふ、そして、ひよいと道端の熊笹の繁みを指さした。

成程その奥には、樹の下を縫つて、どうやらひと一人位が通れさうな細い道がついてゐる。子供達の踏んで行つたらしい横に伏した笹の葉の上には、からりと晴れた朝の明るい陽の光が落ちてゐた。

私達が漸く宝光社の手前まで下りてきたときの事である。

私は突然首筋のところに、何か強い衝撃を感じた。そしてそれと間髪を入れず、ぶーんと唸る声をきいた。一疋の山蜂が私を襲つたのであつた。私は、はつと思つて手で首筋の所を押へた。すると忽ちひくい唸り声が、いくつもいくつも私の身辺に起つてきた。「あ、、いけない、蜂の巣がありますよ、早くお逃げなさい」と主人は私に云ふが早いか、一目散に走り出した。私も首筋を手で押へたまゝ、主人の後を追つて逃げた。ものの一丁も走つたであらうか、私はやつと危地を脱したやうなほつとした気持がして足をゆるめた。しかし首筋の疼痛は、この頃になつて漸く激しくなつてきた。主人は驚きましたかと云つてから、私の刺された所を見て、唾をつけるとい、ですよと教へてくれた。私は云はれるまゝにさうしてみたが、段々腫れてくるやうである。「畜生、野郎つ子達奴、蜂を怒らして置きやがつたな」と道々主人はひとり言を云つて口惜しがる。聞いてみると、この辺には蜂の巣が幾つもある。それを子供達が平常学校の行きかへりに石を投げて怒らしてあつたのに違ひないと云ふのである。それであるから子供達は故意に間道の方から行つて、私達にその難をかうむらせようと仕組んだのだと、そのやうに主人は推測してゐるのであつた。私は山の少年に恨まれる理由はない、しかし山の少年には、或は排他の情がいく分あるのかも知れない、私はそんな風にも考へた。そして、その事が一寸面白く思はれた。それにかう云ふ蜂の刺痛などと謂ふものは、もう幾年も経験しない事である、私達の幼年世界では、蜂とか蝙蝠だとかが恐怖の対象として随分大きな位置を占めてゐたものだ、それは私達が明るい少年期の夏の夕暮と一緒にもうとつくの昔に忘れてゐたものだ。私はそんな事を思ひ浮べて見た。痛いには随分痛い。だがへんに晴々とした気持が私の心の内側で頭を擡《もた》げてくる。これは必ずしも私の痩我慢の弁ではない。

裾に美しい高原を持つた飯綱山、それに続いて斑尾《まだらを》、怪無《けなし》の山々が漸くくつきりと輪郭を現はしてきた。私達は恰度それらの山々を背にしてゐる恰好だ。飯綱山の頂きちかくに、美しい繭のやうな小さな雲が一つぽつかり浮んでゐた。

その五　髭

宝光杜の聚落を抜けると、ここから善光寺への街道と別れて、私達は右手にとり、楠川の方へと歩いて行つた。楠川は下にくだつて、戸隠村と柵村の境をなし、鬼無里《きなさ》街道で奥鬼無里に水源をもつ裾花川と合流してゐるのである。私達のさして行く上楠川の村落は、恰度荒倉山の麓にあつた。

「上楠川には私共の学校友達もゐますよ」と主人は云ふ。多く炭焼を業としてゐるらしい。私達はたび〳〵途中で薪木を背負つた男に出くわした。色はさのみ黒くない、一寸上品な顔立のものが多い。素朴な村の炭焼は道ばたによけて、私達を通してくれる。私は通りすがりに、ふと或る男の口辺に髭のある事に気付いた。私はやつぱり有るなと思つたのである。それは外でもなかつた。私は戸隠地方にくる度に、この髭に不思議に心をひかれるのであつた。それも学校の訓導とか、村長さんとか云ふ手合ひであれば一向に不思議はないが、私が多く見かけるのは、労働をする人々——農夫、炭焼と云つた人達の口辺にある髭である。その髭もぴんと立つた、いかめしい感じのものではない。どちらかと云へば、優美な、お公卿さんの髭のやうに、口の周りでゆるやかに弧を描いてゐる。乗合自動車で、とがくし道を走つてゐるとき、道ばたの蕎麦畑で働いてゐる農夫がひよいと首をあげる事がある。するとさう云ふ男にも髭の有る事が屢々あつた。例の山袴を穿いて、この髭をつけた男達の姿は、私には山間の人の荒々しい感じは少しも起らない、寧ろ優雅な太古の民を感じるのであつた。

私はいつぞや、興味をもつて中社の人にこの髭の由来を訊ねてみた。すると、その人はさう云ふ事実には甚だ無関心な様子で、「さうですかね、どうもわし等は気がつきませんが、なあにさうだとすれば無精するからでせう」と答へてゐた。併し乍ら、私はこの無精髭の説には承服しかねたのである。

私は薪木を背負つた髭男をやりすごしてから、もう一度この甚だ無意味な質問を主人に試みてみた。主人は一寸考へてゐたが、「さうさう、さう云へば髭を生やかした者が多いですねえ」と云つて、どうやら私の質問を肯定してくれた。

主人の説明はかうであつた。

戸隠村でも髭を生やす風習は、この上楠川の部落が一番多いと云ふ、主人も最初は一つの流行かと思つてゐたさうだ、と云ふのは、髭のあるのは、老人よりも寧ろ若い者に多いからであつた。或るとき、楠川の者で主人の幼友達の一人が、中社のお宮に主人を訪ねてきた事があつた。なんでも今度嫁をとると云ふのであつた。見ると、以前はなかつたのに、この若者は見事な髭を貯へてゐる。そこで主人は冗談まじりに、「楠川のお聟さんは髭がねえと駄目なのか」と訊いてみた。すると、その若者は「とんでもねえこんだ」と云つて、こんな風に云つてしきりに弁解したさうだ。楠川辺は、前にも云つたやうに、炭焼が生業である。炭焼に山へ這入ると、秋口から冬にかけて屢々獣に襲はれる事がある。それであるから獣おどしにかうやつて髭を生やすのだと、これは頗る真面目な顔で云ふ、主人はまぜかへして、「獣おどしぢやあるまい、女だらず」と云ふと、若者は赤い顔をしてさかんに頭を搔いてゐたさうだ。

「実際、山に這入ると、一週間も二週間も里へ下りてこない。小屋でひとり暮しをしてゐると、無聊《りよう》がつきものですからね、ついああやつて美しい髭でも貯へて、ひとりでいぢくつて楽しむと云ふものでせうよ」と主人は自分の考をつけ加へてくれた。私はこの甚だ愛すべき流行《モード》の心理と、炭焼の日常を考へて、愉快に思つたのであつた。

人家はやつと四十軒余、峡谷の地に僅かに人煙を認められるのが、上楠川の部落である。先年の水害の時には、人家も流されて、数名の死傷者を出したと云ふ。こんな小さな河がどうして押し流したかと思はれる位の巨石が今もなほ河底に残つてゐた。そして、流された家の跡には、もう新らしいのが建つてゐた。川沿の家には、狭い部屋の奥まで明るく日が射しこんでゐて、門べに猿羽織の少年と、洗髪にした娘が立つてゐた。

私達の最初の予定ではこの上楠川の部落から荒倉山の麓を迂回して、鬼無里村に出て、鬼無里の町部落から街道を善光寺に通じてゐるバスに便乗して柵村に行くと云ふことになつてゐた。併しながら、主人は私の歩き振りを見て少し気遣ひ初めた。「こんな調子だと、今夜は鬼無里泊りなんてことになりますよ」と云ふ、「鬼無里は止したらどうですか、読んで字の通り、鬼の無い里。紅葉伝説にはたいして必要もないでせう。それよかどうですここから荒倉山を越えて柵に出たら、途中に鬼の岩屋もありますし、その方が結局楽でいゝでせう」と私にしきりにすすめてくれた。

私は鬼無里には久しい以前から魅力を感じてゐた。少女呉羽は京から還つて、この地に十年余りも暮したと云ふのであるから、もとより紅葉狩に縁がない土地とは云はれない。町部落の方はその昔附近一帯が湖沼であつた頃の名残りの魚山の丘をのぞいては見る可きものがないとしても、山懐《ふところ》の所謂東京《ひがしの》、西京《にしの》のあたりには内裏屋敷及びその北西に当つて月夜の陵の地名が残つてゐる。月夜の陵と云ふのは何人にゆかりの有る所であらうか、紅葉伝説とは関はりがないとしても、水内郡の古い歴史と、北国古往還の跡であることを並べて考へて見ると、ロマンテイクな想像も浮んでくる。その上、鬼無里の奥には信濃源氏木曾一族の隠棲の跡もある、木曾殿あぶきと呼ばれる一大巖窟がそれである。宇土倉には木曾冠者義仲の護持仏、文珠菩薩を祀る土倉文珠堂も有る。そして我が愛すべき少年袈裟治君もこの地の産である。私は鬼無里訪問を割愛するのは如何にも残念に思はれた。併し乍ら、この調子で奥鬼無里の方まで廻つて柵に出るとすると、短かい秋の一日では少し覚束ない。それに荒倉の鬼の岩屋も見落したくはない。何分紅葉狩伝説には大切な遺跡の一つだから。「名所遺跡は旅人にとつて、往々甚だ無用の拘束になる」と柳田国男先生も云つて居られるが、どうやら私もその轍を履む結果になつた。私はさんざ迷つた揚句、遂に主人のすすめに従つてしまつたのである。

　宝光社から楠川迄の道は比較的楽な下り道であつたのが、荒倉越えとなると、愈《いよ》々私の苦手とする山道である。秋の日射しはまだまだきびしい。私は帽子の下にハンカチを冠つて日除けとした。

その六　荒倉山

道しるべに、「右鬼女窟を経て柵村ぜんこうじみち、左とかくしほうこういんみち」とあつた。ほうこういんのいん（院）と云ふ字だけが磨滅されてゐる。これは神仏混合時代の名残りの宝光院が、明治になつて宝光社と改められたため、かき消されたものらしい。道しるべは有つても、道らしいものは無い。強ひて歩くとすれば、山うるしの木の下をこの山に多い笹の葉をかき分けて道をこさへて行かねばならない。主人も、時々立ちどまつて思案する。楠川からの登り口を一つ間違へたものらしい。「道はあるにはありませうが、間道ですね」と云ふ。実のところ、私は氷砂糖を口に頬ばつて足の早い主人について登るのが精一杯であつたのだから、道があつても無くつても、主人が途中で一服してくれると吻とするのであつた。

都合よく、山道の途中に傾斜《なぞへ》の地を利用した小さな畑があつた。畑には一人の老婆が向ふむきになつて一心に働いてゐる。稗が蒔いてあるらしい。主人はそれを見つけると早速声をかけた。返詞がない。主人はずつと近づいて思ひきり大きな声を出して話しかける。すると、老婆はやつとこちらに向き直つた。赤い小さな目が何気なく私の方に注がれる。道をきいてる事が分ると、老婆は「鬼の岩屋に行きなさるのかね」と云つて、如何にも大儀さうに手をあげて行手を指さしてくれた。「耳が余程遠いらしいですね」と主人は云ひ乍ら、老婆に教へられた通りを先に立つて歩き出す。すると突然老婆が恐ろしく大きな声で後《うしろ》から呼びかけた、「丸太の橋が架つてゐるから、そこのところは右に廻らず、かまはず橋を渡つて行きなされよ」と云つてゐる。私は吃驚して振り返つて見ると、大きな声の持主は手を休めて、例の赤い小さな目でぢつと私達の方を見送つてゐた。

山は登るにつれて段々眺望もひらけて行つた。私は汗を拭き乍ら、今迄歩いてきた方を振り返つて見た。戸隠の中社附近もよく眺められる。草屋根の坊が樹々の間に隠見してゐる。「あれが萱場ですよ」と云つて主人は中社の少し上の方に見える開けた白く光つてゐる草地を指さした。戸隠山のずつと左方に荒倉山よりはもう一まはり小さい独立した山がある。一夜山と呼ぶのださうだ。吾国によくある飛来伝説の一つで、俗に鬼共が一夜のうちに拵へた山だと云はれてゐる。私は白日の夢は土運びをしてゐる小さな鬼の姿を描いてみた。この一夜山の麓はもう鬼無里だと云ふ。このあたりでは米作が乏しいので、村の人々は米の飯を喰べる代りに、南瓜飯を喰べると云ふことだ、南瓜が美味しいので、飯の中にたくさん南瓜を入れてたくのである。主人は又こんな話もしてくれた。あの一夜山の麓には八十ちかい老婆がゐる。この老婆は山裾の雪がとけると、早速独活《うど》を掘りに行く、そして採つた独活をかついで遠く戸隠の中社辺までも売りにくると云ふ事だつた。私は先刻の声の大きな老婆と思ひ合せて一寸面白く感じた。

一夜山、乏しい鬼無里の村落、その遥か彼方には、いつの間に新雪が来たものか、既に頂きを白く染めて、雄大な白馬の連峯が雲表に聳え立つてゐた。

山道では人つ子ひとりにも出逢はない、時に一羽の懸巣が鳴きながら樹の枝から離れて飛びたつのを見た位のものである。荒倉山の頂上には、大きな岩から成つた自然の頗る見事なトンネルがあつた。私達はやつとの思ひでそこまで辿りつくと、早速トンネルの中に這入つて一服した。涼風がしきりに吹き通つて行つて心地がよい。トンネルを抜け出ると、目の下には折からの秋日和に美しい村が展開されてゐた。村の白壁の家、帯のやうな村道、その村道から少し離れて、こんもり茂つたお行儀のよい森「日の及ぶかぎり碧きところあり」と云ふ感じである。私はそれを見出すと、愈々柵村が見えたなと思つたのである。ところで主人に訊いて見ると柵村ではないと云ふ、やつぱり戸隠村の内ですよと答へる。私は戸隠村はもうとつくの昔後《うしろ》にしてきたつもりである。私は錯覚を起してゐたのだ。さう思つてもう一度目の下を眺めると、村の碧さが目に泌みるやうに美しい。

鬼の岩屋はなんと云つても荒倉の中心である。この岩屋は柵村方面への下り道を途中から少し脇に這入つた所にあつた。断崖の一角にあるのであつた。岩屋は鬼賊の本拠としては少し狭いやうに思はれた、すくなくとも頂上で私達が憩ふたトンネルに較べると遥かに見劣りがする。岩の高さは八間ばかり、入口には人の這入れないやうに茨の垣が出来てゐたが、その下をくぐつて中に這入つて見ると、内部は精々六畳敷位のものである。岩をつたつて時々水が落ちてくる。一寸気味が悪い。いくらか蝕崩した形跡はあるが、それにしてもたいしたものとは思はれない。岩屋の入口には、昔その実からロウソクの蠟を採つたと云はれる蔦うるしの木が枝を垂れてゐた。寒い気候のせいか、もう少し色づいてゐる葉もある、それが一寸美しく思はれた。鬼の岩屋は最初からたいして期待も持てなかつたが、来て見ると失望は遥かに甚だしかつた。今年の夏の初め、戸隠の坊に泊つてゐた東京の女学生が三人ばかりでこの紅葉の岩屋に行つた事があつた。帰つてきた女学生は「小母さん、お腹がぺこぺこ」と口々に云つて、お内儀さんが「どうでしたね」ときいたら、「つまんなかつたわ」と云つて水兵《セーラー》服の足を炉端に投げ出してゐた事などが思ひ出された。

一体荒倉と謂ふ山は、戸隠方面から見た感じと、柵村側の眺めとでは随分相異してゐる。とがくしの側からだと、山肌に深い陰翳《かげ》の有る、樹木の密生した如何にも鬼女伝説の山と云つた感じだが、裏に廻ると、寧ろ明るい、なだらかな丘のやうな感じである。そしてさう云ふ感じは麓にちかくなる程一層はつきりしてくる。もつとも下りの坂道は小石が多くて歩くのに難渋した。又紅葉ゆかりのものとしては、釜壇岩、船岩、屛風岩などと云ふ大きな岩石も見る事が出来た。

麓ちかく下つてくると、蕎麦の花が真白に咲いてゐる所があつた。「このあたりは朝《あした》ケ原と云ふのですよ」と云つて主人はその朝ケ原の意味を説明してくれた。伝説によると、荒倉山時代の鬼女紅葉はこの眺望のよい傾斜の地を愛して、朝に夕に逍遥したと云ふのである。もつともそれは無心の散策と云ふだけではなく、そんな風にして旅人を物色したのだと云ひ伝へられてゐる。

私は白い蕎麦の花の間を、蜜蜂の群がぶん〳〵と唸り乍ら飛んでゐる甚だ抒情的な原を通りすぎ乍ら、鬼女紅葉ではなく、寧ろ呉羽と呼ばれた柵の一少女を思ひ描いて見た。

狗の声がする、雞の鳴き声もきかれる、農家の庭には見事な柿の木がある、木の下に筵《むしろ》が敷いてあつて、その上で三つ位の幼児が遊んでゐる。麻殻《をがら》が束にして積んである。私はどうやら柵村に来たのであつた。昼さがりの森閑とした街道に出ると、そこの道に沿つた一軒の菓子屋を見つけて私達は這入つた。ラムネを一本づつ飲んでから、赤や青の綺麗な彩色のある駄菓子が目に這入つたので、それを買つて外に出た。柵村で最初に私達が訪れたのは本陣川波氏の家であつた。これは予定してあつた事で、同行の主人と川波氏は縁者に当るので、干瓢と椎茸の弁当はこの本陣であける事に決めてあつた。

柵村の本陣はもう昔の面影はない。門べに一寸枝振りの面白い松の木があつたが、家の内は普通の農家と一般である。柵の本陣と云ふのは、中仙道や北国街道筋の本陣とは異なつて、旧幕時代松代真田十万石の領地下であつたこの地方には、年に幾度か収穫検分の役人が廻つてくる、それに真田の殿様も年に一度は見えられた、さう云ふ場合、領地巡遊の時の定宿をしたものであるらしい。

「さよう、松代の殿様がござらつしやる節は、わしらは矢代までお迎へに出ました」と云つて本陣の八十幾歳かの老人は、私達を迎へて、昔話をしてくれた。

お茶だけ貰つて昼飯にする心算だつたが、田舎の人は中々それですまさない。生みたての玉子を割り、お汁をこさへ、気をきかせたつもりか、パイナップルの缶詰まであけてくれた。その上に大きな徳利が三本も卓の上に並べられた。

紅葉の話も出たが、老人は「あれはあなた、吉田御殿みてえなものでござんせう」と云つてくくと笑つてゐた。

鬼無里、柵附近には落人の聚落があるときいてゐたが、この川波氏なども源家の落人だと云ふ事であつた。佐々木氏を名乗つたさうである。落人と云ふものは屢々姓を変へたものだと云ふ、川波家なども古い系図を見るとその間の消息が明瞭に分るさうである。

「こんなものが珍らしければ、いくらもお目にかけますよ」と云つて、老人は奥の一間から大きな箱を持ち出してきた。箱の中には古文書が一杯這入つてゐる。老人はそれを一つひとつ取り出して叮寧にひろげる、一寸首をかしげて「これはどうも」と云つて、そのまゝ箱に入れてしまふものもあれば、「こんなのは如何です」と私に差し出すものもある。

古文書の中に一つ面白いものがあつた。それは振袖火事に関するものであつた。振袖火事と云ふのは例の八百屋お七のことである。本郷森川宿の八百や市左衛門の女《むすめ》お七が、寺院の一少年と相識になつて、その美少年と再会を計るために自家につけ火をしたと云ふ有名な話である。その振袖火事の時に松代藩の江戸屋敷も類焼したのであつた。そこで当時の領内の民は殿様に金子を献上したものらしい。その時に藩主から頂いた書付と云ふものが残つてゐた。

「わし共の家では、名字帯刀御免でありやしたから、三拾両を献上いたしたさうで、一口に三十両と云ひやんしても、当時にして見ればなあ」と云つて、老人は自分の子供の頃でも一両金があれば、何が幾ら買へた、彼がどれだけ買へたとそんなこまかな話までしてゐた。いづれにしても、八百屋お七の艶福は信州の山の中まで飛火したものらしい。

次いで、老人の述懐中には、佐久間象山の事も出た。松代の一藩士であつた頃の象山は日常大きな時計をぶらさげてゐたと謂ふ、江戸や長崎ならばいざ知らず、信州の山間で、時計をさげて歩いた武士はおそらく象山先生一人位のものであつたらう。

老人の話は頗る面白い、併し、話の合間に、「まづ一杯」と酒をすすめられるのには閉口した。私達の予定ではこの家を辞してから大昌寺に行く筈であつた。大昌寺は柵村福平にあつて、紅葉の位牌を安置してある寺である。「赤い顔をしてお寺へも行けますまい、どうですね、ここで一寝入りお昼寝なすつたら」と本陣のお内儀さんも傍からすすめてくれる。戸外はまだ日盛りである。垣根の向ふを子供達の声が時々通つて行く。

その七　紅葉の位牌

六地蔵がある。田の中の並木道を歩いて行くと、雀おどしが遠くの方でから〱と空しく鳴つてゐる。私はもう汗を掻いてゐた。紅葉の寺――大昌寺は漸く行手に見え初めた。背後《うしろ》に深く茂つた杉の森を控へた、田舎にしては珍らしく大きな寺である。「大昌寺の晩鴉」と土地の名物の一つに云はれてゐるのは、あの杉の森に夕方になると鴉が塒《ねぐら》するからであらう。

寺門に近づくと、人影が見える。門を出たり這入つたりしてゐる一人の山袴姿の人である。主人はそれを見つけると、「はてね、あれが和尚かも知れませんよ」と云ふ。

私はまさかと思つた。山袴姿の和尚などはある筈がない、多分寺男の一人だと思つたのであつた。

労働姿の人は顔立の上品な、頬に白い短い髭のある老人であつた。主人は一寸その顔を覗き込むやうにしてゐたが、すぐ気が付いた風で、「お久しうございます」といつて帽子をとつて叮寧にお辞儀した。老人は至極無関心の様子で、麻殻を揃へて束ねては壁にもたせかけてゐたが、主人の言葉にひよいとこちらを見た。主人は、「やつぱりさうでしたよ」と私に囁いたのである。この山袴の老人が大昌寺の住職である事を知つて、私はあらためて見直した。和尚は主人の来意をきいてゐる間もすこしも手を休めない。「はあ、さようでしたか」と気のない返詞をするばかりである。「なにぶん今年は麻の方がいそがしくて、それに人手が足りない、御覧の通り私が先に立つてやらないとはかどりません」と言ひ訳のやうな事も云ふ。紅葉のことなどは一向念頭にない様子である。主人が少し焦れて、「如何でせう、拝見出来ませうか」と催促すると、和尚はやつと仕事の手を止めた。「御位牌ならば、今恰度出してござります、それでは御案内いたしませう」と云つて、やつと私達を本堂の方へ導いてくれた。

紅葉の位牌と画幅のまつつてあるのは、本堂の裏に当る、一寸小綺麗な座敷であつた。裏庭に面してゐた、まだ色づかない楓の葉がざわ〳〵と青くそよいでゐるのが見うけられた。

「さあどうぞ、おあてなすつて」と座蒲団をすすめてから、「こちらでございます」と至極気軽に指し示す方を見ると、床の間に一幅の掛物があつて、その前に、黒ずんだ古風な位牌が安置してある。「手にとつて御覧なすつても結構ですよ」と云ふ、私は今にも、この老僧が坐り直して、雄弁に紅葉の縁起でも語り出すものと期待してゐた。併し一向にそんな気配も見えない、老僧は何を思つたか、ぷいと立ち上ると、そのまま部屋を出て行つてしまつた。

位牌は正面から見ると、まるで字が読めない。私は恐る〳〵手にとつて見た。がくりと毀れさうな気持がする。庭の明りの方に斜に透かしてみて、辛じて判読する事が出来た。

当郡開闢 余吾将軍維茂居士 竈岩紅葉大尼 各神祇

と云ふ文字が記されてゐた。これには、私もすくなからず驚かされた。維茂将軍は紅葉を討伐した当の本人であらねばならない。その敵同志が同じ位牌に祭られてゐると云ふのも奇妙であるが、当郡開闢と云ひ、各神祇と記されたところを見ると、愈々鬼女紅葉の正体が分らなくなつてくる。

一方、画幅の方を見ると、雲の湧く鋸の歯状の山嶽を背景として、所謂紅葉狩として我等が承知してゐる径路《プロセス》が、パノラマ式に細かに描かれてゐる。久山家で見た、

「戸かくし山絵巻」に較べると、幾分地形に忠実だと思はれる節もある。これは後になつて知つた事であるが、この画幅は信州松代藩お抱への画家で養益と云ふ人の筆になつたものらしい。従つて、画家はとかくし地方に旅して描いたものと思はれるが、時代から云へば、遥かに近世のものに違ひない。

和尚は再び茶器と菓子盆を持つて現はれてきた。服装はやはり労働姿のまゝである。中腰になつて私達の前に置くと、又ぷいつと立つて行つてしまふ。今度はもう中々姿を見せようとはしない。

主人は一寸業を煮やした様子で、「和尚さんも少し位話していつてもよかりさうなものだ」と云ひ出した。私は私で、これだけの寺の住職であるから、まさか山袴姿で応接する事も出来まいからちやんと僧衣に着換へてくるつもりでせうと云つた。「どうして、そんな事をするものですか、あゝやつて麻かきに夢中になつてるのですもの」と主人は舌打ちをして私の説には応じない。菓子をつまむ、煙草を一服喫ふ、それから一寸立つて行つて庭を眺めたりしてゐたが、やつぱり和尚は出てこない、これはどうやら主人の云ふのが本当だなと私も思ひ初めた。

主人は遂に「もう帰りませうか」と云ひ出した。私は半信半疑の気持で云はれるままに席を立つと、本堂の方に出て行つた。本堂の廻り廊下の所にも、到る所に麻が丈長く干してある。まるで幕を張つたやうな感じである。須弥壇がなかつたならば、一見するところ、寺も農家と一般である。庭にでもゐるかと思つて、さきほど和尚のゐた無花果の木の下を見てみたが、森閑とした昼の庭には人影もささない。

私達は愈々帰る事に決めて、庫裡に廻つて寺の人に挨拶して行かうと思つた。寺の庫裡の土間と云ふのは随分広かつた。併し、それよりも私はその土間にひろげられてゐる光景を見て一驚した。土間には、若い女が四五人、老女が一人、青年が一人、それらの人々はみんな無言でいそがしさうに麻かきをしてゐるのであつた。そして私達が探してゐた当の和尚さんは、土間の中央に、あたかも人々を監督するかのやうに坐りこんで、自分でも一心に手を動かしてゐる。私達が這入つてきても、誰も顔を上げて見ようともしない。和尚さんは勿論のこと、さきほど客人があつたなどといふことは、すつかり忘却したやうな素振りである。土間の隅にゐた白斑の犬が突然首を上げて私達に吠えにかかつた。犬を叱るものも無論ない。

主人は一寸進み出ると、「どうもお住持さま永らく御邪魔いたしました」と挨拶した。その声にやつと首を上げた和尚は「これはこれは、お構ひも致しませずに」と答へたきりであつた。

「実はお住持様に紅葉のお話でも伺へるかと思つて居りましたが」と主人が言葉を続けても、「はあ、さやうで」と云ふきりで、話すとも話さないとも云はない。水に浸して置いた麻を手際よくかき取ると、麻殻をぽんと片隅に投げる。麻殻はもううづ高く積まれてゐた。見てゐると、娘も老婆も青年も、無駄口一つもきかないで、同じやうな動作を幾度もいくども繰り返してゐる。

老僧は怪力乱神を語る事を好まないのかも知れない。私はそのやうにも考へた。落ち窪んだ小さな目、豊かな広い額、白い短かな頬髭、身軽さうな山袴を穿いて、手製の朽木の腰掛に坐つてゐるこの老僧の姿には、一寸口では云ひ表はせないが、何か美しいものが感じられた。家内工業の作業場の椅子に坐つてゐる和蘭人の感じもした。

私達が立ち去らうとすると、白斑の犬は又一しきり吠え立てた。今度は老僧も「叱《しっ》」と一声いつて犬を呼びとめてゐた。

寺門を出ると、私はさき程からの感嘆の情を包み隠してゐられなかつた。主人は「信州でもこの辺のお寺ではみんなあんなものですよ、どうして和尚さんは働き者ですからね」と云つて、寺の周りにある麻畑、野菜畑の広がりを指さした。畑には、これも和尚さんの日頃の丹精の結果と思はれる、もろこしが丈高く育つてゐた。もろこしの葉ずれは、よく晴れた秋空の下で、かさかさと音をたててゐた。

柵村から沢を一つ越すと、戸隠村の上野と云ふところに出る。其処で長野からくる夕方のバスを待ち合す、これが私の小遠足のプログラムの最後である。私は腕時計を見る、それから目を転じてお日様を見る。まるで気持がよいやうにかつきり合つてゐる。私達は又とつとと歩き出した。

柵村のはづれに、昔濠になつてゐたと云ふ処があつた。「この家《うち》は、濠の屋敷と呼んでゐるのですよ」と云つて主人は或る大きな農家を指さした。農家にしては小綺麗なその家では、日和のせゐか、座敷を開けひろげて虫干しをしてゐる。それが垣根越しによく見えた。部屋の四方に綱が引かれて、色とりどりの着物だの帯だの、古風な被風《ひふ》だのが干してあつた。紅絹《もみ》の裏などがとりわけ目についた。お袋さん、その祖母さんの嫁入衣裳も交つてゐるのかも知れない。柵少女の曠衣もその中にはある事だらう、私は行きずりに、さう云ふものも眺めて行つた。

沢を渡ると、向ふからもう放課後の児童達がにぎやかに帰つてくる、私は児童の姿を見ると、反射的に首筋の所に手をあてて見た、痛みはもうなかつた。

「結構なお日和ですね」

主人は、道端の漆の木の上に人を見かけると、声をかけて行つた。男は木に傷をつけて丹念に汁を採つてゐるところであつた。日焼けして黄色くなつた、季節はづれの麦藁帽子がちよこなんと大きな枝の一つに懸けてあつた。

信州雑記

秋風

哀《かな》し子は　髪を結ふた
私は秋風をきいてゐた
老《ふ》けた人の顔を思ひ出してゐた
炉の火に魚《さかな》をかけた
田舎の花に

あからさまに陽があたつてゐた
火の山の裾が
すこしづつ晴れていつた

冬の手紙――堀辰雄さんに

軽井沢のクリスマスにあなたからお招きを受けましたが、実はまだ思案中なのです。あなたの今ゐる別荘の所在を私は知りませんが、軽井沢の地図をひらいて、枯木の林をいくつも抜けて行けば、おそらく小さな冬の燈火を見つけることが出来ませう。冬は浅間も怒らないし、もうおそらくスノウ・ハットを冠つて、人の住んでゐない高原ではまさに王の姿をしてゐるでせう。

頃日、私は森鷗外博士の訳文「冬の王」を読みました。夏の間はせつせと働いて、人の姿の見えない冬がくると、戸を閉ざして、ヤアコツプセンを読んでゐるヱルリングと云ふ、「鼻梁が軽く鷲の嘴のやうに中隆に曲つてゐる」老人に出逢ひました。まるで北欧の自然のやうで、しかも眸には哀しい人間の嘆きがにじみ出てゐる、ヱルリングと云ふ人物が、以来しばらく私の心を領してゐるやうです。あの親しい哲学者——私は彼を哲学者と呼んでみたいのです——の家は、夢を見てゐるやうに美しい海辺の、夏は抜けおちるやうに青い北欧の空のもと、そして冬は鳥が屋根にとまつて怒濤に答へてゐる寂寥地方なのですが、このデネマルクの一地方が何故か、私にあの浅間高原の荒涼を思ひ起さすのです。

夏の間は、家の垣根になつたり、日除けになつた唐松の林がすつかり葉や枝を落しつくして、夕陽が家の庭や、窓の中を、どこまでも覗きこむ、あの非情のやうに透明な高原地方が私の心の冬の美しいパノラマなのです。

ほんとうに、人は時あつて非情の世界をあこがれるものです。その美しさは、きつと、青葉が嵐にもまれるやうに、愛が眸をからしてしまつた後、もう涙さへ出なくなつた澄明な眸にも、ときとして宿るものでせう。ヱルリングの劇しい若さの生涯が、思ひつめた感情が、鳥を肩にとめて、永い冬の夜を住んでゐる沈黙した姿になつたのでせう。

堀さん、あなたも、なにか朽葉のやうな匂ひのする、日の当らない谷間で、ここ一二年の間を過したやうだ。私は思ひあまつたやうな言葉で、あなたの為にも何か云ひたい！　だがこんな蕪雑な手紙の中に、それを織りこむことは差し控へて置きませう。

クリスマスの夜と云はず、私はときどき、ひよつくらとあなたを高原に訪ねたくなります。あなたは今あの「雉子日記」のなかに出てくる白いジヤケツの似合さうな少年と住んでゐるさうですね。日に一度町の娘さんが枯木の林を通つて炊事のお手伝にくる、あなた方の林から朝炊ぎの煙が静かに立ち登る、夕べのランプは少年の手で点ぜられる、そして食器や煖炉をば、あなたはあなたらしく、優しくいたはつて暮してゐる、私はざつとこのやうにあなたの一日の生活を勝手に描いてみてゐます。

あれはもう十一月のことでしたね、追分の空に、浅間の怒りならぬ、煙が立つて、あの愛すべき古い宿、油屋が炎上したのは。私はそれを道造君の、おろ〳〵した鉛筆書きの葉書ではじめて知りました。

私の今寂しく思ふのは、あなたの冬の部屋に美しい軽井沢の六月の花が見えないことではなくて、ヱルリングの机の周りにあるやうな、キルケガアルドやビヨオメ、グルンドヰグの書物が見当らない事です。油屋の古い棟と一緒に炎上してしまつた、プラアグの詩人の書は惜しいことでした。

堀さん、今夜も私は軽井沢の地図を披《ひら》いて見て居ります。気がつくと、うつすら、その上を寒い月影が射してゐるやうです。

横川と云ふ駅、あのアプト式の汽缶車をつけ換へる所は、恰度信濃の山への一つの関門と云ふべきでせう。夏ならば、麦藁帽子の少女達が争つて停車場の綺麗な水で口を潤ほす、今ならば、さしづめ熱い蕎麦と云ふところでせう。

熊の平、スイスの山の中の小駅のやうな、あの孤駅では、雪深い屋根を、眠むたげな旅人の眸が見過して行く……。力餅売りの少年は達者かしら、今年も、もう何度か雪の上で尻餅をついた事と思ひます。

秋から冬にかけて、軽井沢停車場の電燈の球はどうしてあんなに冴々と美しく見えるのかしら。私は軽井沢の地図の上に、今やつと、一ところ沢になつた土地を見つけました。深い秋には鷺が水を飲みに降りるのではないでせうか、あの沢を越すと、枯木の林の間に、きつとあなたの冬の燈が見出される！

堀さん

浅間高原をすぎる気持は、それは私が長野平を放浪した日々、帰りの汽車が軽井沢につくと、信濃に別れる想ひが、せつせつと胸に迫つたものです。

伊藤左千夫の抒情歌にこんなのがあります。手紙の余白に一寸書きそへて、お見せしませう。

　ここにして信濃に別る浅間山
汝が哀しきをとはに泣くべし

冬日記

日がたいへん短かくなつた。私は、自分でそんな注文をした事をすつかり忘れてゐたのに、或る日、ひよつくり少年は麺麹《パン》を買つてきてくれた。食麺麹を二斤とコッペヱを二個、それを黄色い包紙のまゝで恥かしさうに差し出した。私の家では、妻と二人で毎朝半斤の麺麹を喰べてゐる。その計算で行くと、これだけを喰べ終るに五日間ほどかかる。「これは少したくさんすぎたね」私はさう云ひ乍ら、五日間の食糧を軽軽と手の上にのせて見た。

少年は、紺のよく匂ふ背広服をきてゐる、「僕はひと月に二百目づつ目方が増して行きますよ」

少年は、ふとそんな事を云ふ、つい近年まで、たしか病身であつた筈だが。

私は少年を連れて林を歩いた。雑木林は、半月も前から葉を落し初めてゐたが、今ではもうすつかり透いて見える、春の頃は、盛んに伐木の音もきかれた。トロッコの道もあつた筈だ。私達の歩いて行くのは、その切りひらかれた美しい林道である。この林を抜けて、もう一つ林を横ぎつて、町に出て見ようか、そして町で、少年には珈琲を飲ませ、私は新聞を読むことにしよう。私はそんな思案をしながら、洋杖で土を蔽いて行く。すると、何を思つたか、少年は一寸立ちどまつた。目を細くして空の方を見上げてゐる。目を細くするのは、この少年の恥かしい時にするくせである。林間の冴々とした空には、夕月が出てゐた。「ははあ、これだな」と私は思つた。この少年は感傷を口にしない。それで私も、この少年に向つては、それを何か禁物のやうに考へてゐる。少年は又黙つて歩き出した。

私もそれ以上、この若い魂を追窮しなかつた。

肩にでも触れたのか、枯枝が婆娑と落ちてきた。私は身をよけた。少年は振り向いたまゝ微笑んでゐる、手で自分の足もとを指さしてゐる。少年の靴は、獣《けもの》の糞をふんでゐた。

そのあたりは、もう霜が降つたのか、土地が白く光つてゐた。

三等郵便局長

三等郵便局長は好んで絵を描いてゐた。

「千丈山の雪が消える頃になると、わしは野良に出て絵具をなくするので、まあ一つ御覧なすつて……」

主人はさう云つて、荒い壁にそつてたてかけられた幾枚かの絵を私に見せてくれた。

初冬の山国は木枯でなければ、寒げな雨である。その氷雨が宵の口からぴしやぴしやと一面の桑畑の上に降り続いてゐた。草屋根の農家にそつて建てられた粗末な画室《アトリヱ》の中であつた。

幾枚かの絵は、みんな稚拙な風景画であつた。例へば、萠え立つた新緑だとか、雪の山だとか、山の頂きに見られる放牧の図だとか、さう云つた平凡な田舎の素材が生かされてゐた。

「これは拙《まづ》かつた、一寸緑が利きすぎて」

主人は横合から口を出す、そして一枚一枚を、少し恐縮しながら説明するのであつた。

私は画の上に瞳を移してゐる中《うち》に、不思議に退屈に襲はれてきた。

「人物はすこしもないやうですが」

私はふとそんな事を訊ねた。

「さよう」主人はさう答へてから、一寸妙な面持をして、

「田舎にゐて、人の顔が描けますかしら」

これは、問はず語りのやうな主人の言葉であつた。

私は意外な事をきく気持がしたのである。

私はフランスの絵に有る皺の多い農婦の顔を思ひ浮べて見た、山国の少女に李の一

枝を持たせて見ても面白からう、田舎の人の堅苦しい表情は、それが女性の場合には、冬の堅い蕾の美しさになぞらへやうし、風雪に生きてきた表情は、あのいかつい男の骨格にうかがひ得られるだらうにと、そのやうな事を考へたのである。

「もういけませんな、つまりは、人間を描きたくないのですよ」

主人は又そんな事を云つて、へんに沈んだ顔をした。

氷雨はおそくまで降つてゐた。

「寒いから大丈夫でせうが、まあ念のために」と云つて、蚤取粉を残して、主人は立ち上つた。母のゐない三人の子供の寝んでゐる、暗い電燈の下へ引きとつて行つたのである。私は初冬の画室に薄べりを敷いて、毛布にくるまつた。足のさきが冷たくて、いつまでも眠られなかつたのである。

「木曾駒がよく見えるよ」と云ふ声がする。どうやら庭で私を呼んでゐるらしいのである。

からりと晴れた日であつた、障子に庭の柿の木が映つてゐる。

蚕室の屋根に登つたらもつとよく見えるよと子供達が云ふ、「俺ちも行くよ」と少年少女が口々に云ふ、私は誘はれるまゝに、子供達を先導にして、梯子を登つて屋根の上に出てみた。

「ほら、よく見えるずら、小父さん」

少年は得意になつて指さす。桔梗色の空にくつきりと輪郭を描いてゐる山々には、その頂きに新雪が輝いてゐた。

「小父さん見えるかえ、ゆうべ小父さんが歩いて来たのは、あの道だよ」

少年に云はれて、私は桑畑の中に一筋に通つてゐる道を見下した。雨の中を郵便局から自転車に乗つた主人と一緒に歩いて来た道なのだ。さう云へば、遠くに赤い屋根も見える、主人得意の新築の三等郵便局なのだ。

私は一寸日向ぼつこのやうな恰好で屋根の上に坐つてゐた。しかし、私は一体田舎に来ても、風景と云ふものには飽きやすい、風景が私の感情になつてしまふと、やがて私には物を云ふ自然の方が、たとへば、この小さな「俺ち」を相手にする方が余程面白いのである。

童心は木綿着の袖口からまんまるい手を覗かしてゐる。「俺ち」の無表情な顔は目だけがちかちかと光つてゐた。

「ゆふべ、君達の父さんに絵を見せて貰つたよ」と云ふと、「ふうん」と子供達が顔をよせてくる、「どんな絵」と一人が訊く、「うまいずら」と又一人が云ふ。一番大きな男の児は、したり顔に、「つまらないだらう」と云ふ。私は、さうだよ、かうして見てゐる景色と同じことだ。君達の絵がなかつたから、つまらなかつたと答へると「俺ち」達は仰山さうな表情をする。

「美禰ちやんを父さんが一度描くと云つただが、途中で逃げちやつたもんだに」と男の子が云ふと、美禰ちやんと呼ばれた女の児は、「さうぢやない、さうぢやない」と首を振る、今度は美禰ちやんが、「母さんの絵は見たかい」と私に訊ねる。「俺ち」達の母さんは、もう数年前に亡くなつたんだ。私は瞬間そんな絵があつたのかと思つた。

子供達は屋根瓦の上に行儀よく並んで、口を噤むでしまふと、又一心に駒ケ岳の方を眺め初めた。でこぼこの頭が三つ並んだ上を、初冬にしては明るすぎる陽が静かに射してゐた。この地方の劇しい気候は、よく屋根の上に石を乗せてゐる、私はあの所謂「石屋根」のことを思ひ合せて微笑んだ。

目の下の農家の庭では、稲扱《こき》をやつてゐる、随分おそい稲扱である。鉢巻した男はしきりに歌をうたつてゐる、「……伊那や高遠の、伊那や高遠の余り米」それから又なんとか云つて歌つてゐる、千丈山がどうとやら、天龍川がどうとやら、だが私には一寸ききづらい。

「父さんだ、父さんだ」

突然、子供達がさう云つて叫んだ。瓦の上に勇んで手を振り乍ら立ち上つた。

裸になつた桑畑の道を、一散に自転車が帰つてくる。黒い背広に帽子は冠つてゐない、子供達の声はきこえないと見えて、うつむきかげんである。農夫と画家と、それに三等郵便局長をも兼ねたこの家《や》の主人であつた。

夕方、庭でかん〳〵と薪を割る音がきこえてゐた。雞を追ふ声も時々それに交つてゐる。西日が私のゐる画室《アトリヱ》の小窓から圧しつぶされたやうに流れこんでくる頃に、主人はひよつこり顔を出した。

今朝は町に眼鏡を取りに行つてきたと云ふ、気になると見えて、しきりにその新らしい眼鏡をいぢくつてゐる、夫人の絵の話が出ると、もう子供達からきいてゐたものと見えて、「見せる程のものぢやねえ」とぶつきら棒に返詞した。然し又思ひ直した風で、立ち上ると画室の隅の戸棚から、古い新聞包みのものを取り出してきた。私の見せて貰つた夫人の絵と云ふのは二枚であつた。

一枚の絵は――

血色の著しくよい、日本髪に結つた三十ちかい女の絵であつた。保守が婦人の天性であるとしたら、恐らくこの婦人もその一人に数へられよう。口元の微笑は主人に描かれてゐる気安さのためか、或は何か交感を意味してゐるやうにも思はれた。

すくなくとも私の想像したよりは遥かに表情に富んだ、すぐれた顔立であつた。私が前かがみになつて、ずつと画面をさし覗いてゐると、私の耳のあたりに、不在の小さな子供達の息使ひが微かに聞きとれるやうな気持がした。そして、そんな小さな息使ひに交つて、もつと太い、苦しい息使ひがもう一つ交つてゐるやうにも思はれた。

一枚の絵は——

山深い樹蔭で、自然の湯を浴《あ》びてゐる一人の裸婦の姿であつた。若々しい肌である。併しこの婦人《ひと》がさきの日本髪の女と同一人である事は、一目見て明かであつた。

画家は少し顔を赤らめて、「白骨ですよ、俺がこれと一緒になつた頃、白骨の湯に行きましてな……」と説明した。

裸婦は浴しながら、うつむきかげんのポーズをとつてゐる。髪に小さな白い花を挿してゐる。私や主人がこもごも眺め入ると、絵の中の婦人は消え入るやうな風情である。風の音、木の葉の落る音が鮮やかにききとれる位、なにか澄明な、美しい絵であつた。

その画面はいつ迄眺めてゐても、あの屋根瓦の上に並んだ、でこぼこ頭の子供達の影は射してこなかつた、おそらく子供達もこの美しい婦人には「母」を感じないかも知れない、「人間を描きたくねえつうだけど、第一もう描けねえだ、そんな興味は喪つたと云ふのだか……」

私の心が尚しばし画中に遊んでゐる間、主人の言葉は続けられた、「相手が美しいのぢやねえ、描く方の気持に艶があつたのだ……」

山間浴泉の図とこの中年婦人の肖像の上にも、光線《ひかり》が漸くうすらいでいつた。私は主人の顔が又いつのまにか窮屈な田園三等郵便局長になり、頑《かたくな》な半老の父親にかはる前に、尚いくつかの言葉があることを予期したが、「なに、今となつては、ただ子供達のためにこんな絵も描いて置いてよかつたと思ふだけで」と結ばれるのを見て、不思議な寂しさがひしひしと湧いてきた。「描かれた婦人は……あなたは……」私は黙つてしまつたのである。

描かれた婦人は、人の心にもう永らく住んでゐた筈だ、だが、描かれた婦人は今つとこの部屋を立ち去つて行つた……。もの音のしない画室の冬は、窓と云ふ窓に枯木の姿が映つてゐた。主人の手にしてゐる白樺のパイプに、ぽうつと赤い火が残つてゐる。

「駒ケ岳でも見なさるかね、夕映の時もいいものですよ、なあに、一寸そこまで出て見れば」

さう云つて、黄昏の光りの中に立ち上つた郵便局長の顔は、山国に生を享けた、あの窮屈な、主人自らの言葉の、「絵にもならねえ」苦しい表情の一つであつた。

厨

煤けた厨の　明り窓の下に
玉葱と人参が　ひつそりと置いてあつた
帰つて来た子供は又遊びに出て行つた
蛾がきて　電燈の球《たま》を一周りした
湯が滾《たぎ》つてゐた
竈《かまど》の火が赤かつた
往還の夕方を
篠ノ井の林檎売が　荷車を曳いてすぎて行つた

呼んでゐる
誰かが　誰かを呼んでゐる

思ひ出のやうに
前掛をして　老《ふ》けた顔の女《ひと》が立つてゐた

とかくし山に就て――あとがき

十一月の戸隠山で私は初雪にあつた。思ひ出してみると今からざつと七八年前のことである。長野の城山公園では恰度菊の展覧会が開かれてゐた。からりと晴れた秋空も山地に来て見ると雪雲とかはつてゐて、午後から激しく降り出した。私は足弱な連れと一緒であつたのと、折からの吹雪に、奥社行きを断念して、夕方まで中社の坊の薄暗い書院の間に籠《こも》つてゐた。私はまだ若かつた、少年と云つてもい位のもので、それに当時私は余裕のない気持であつた。

雪晴れの夕方のうつすらした空の紅の色と、頬に痛いやうな夕風は、私に何か名残り惜しいやうな気持を起させた。私達は空しく山を下つたのであつた。善光寺への途中、芋井村ちかくで夜になつた。道普請の土工達が赤々と火を焚いてゐた事なども思ひ出される。

その後、夏に二度、秋に三度、それから夏と秋のあはひの頃にも私はしばらく戸隠山に滞在した。私は徒然《つれづれ》に日誌をつけ初めた、親しい友の誰彼に手紙を書き送つたりした。その中で、私は戸隠の俗にも触れた。坊の建築を珍らしがつた。山道を歩いてゐて、林間に忽然として表はれた丹の随身門を美しいと思つた。小平安朝を偲ばせる典雅な神楽や、杉の巨木の間を縫つてきこえてくる笛や太鼓の調べにも心をひかされた。月夜の庭で見た萩の花に「古代」を感じたと云ふやうな事もあつた。自然や建築に感じる「古代」を、現在山に生活してゐる少年や婦人の心の中にも見出したい、私はそんな途方もない欲望をさへ持つた。

友の一人が戯れに私にこんな事を云つた、「とかくし山はどうやら君のパルナッソスになるらしいね」と。

「絵本」の一つを書く気持になつたのはその頃からであつた。「絵本」と云ふのは私が仮りにつけた標題であるが、今となつては幾分陳腐な感じがする。しかし私は散文に於ける的確な形式を持ち合せてゐない、所詮私の書くものはノオトに過ぎない、或はもうすこし洒落れた表現を用ひても、抒情日誌《タアゲブッフリリック》たるにとどまるだらう。これが私の

「絵本」と云ふ題を得た所以である。

八月の戸隠に遊んだ私は、樹間を飛びかふ目玉の大きな蜻蛉を追つて一日中山道に杖をひいた。碧い空の色を眺めてゐると、がつかりするやうな、気が遠くなるやうな具合である。仕事も一寸手につかない。部屋にゐると、日に幾疋となく虻《あぶ》が襲つてくる、私はその虻を見つけると片つぱしから殺してしまつた。

私はそんな殺生と怠慢とで暮してゐた或る日のこと、中社に御神楽を見に行つた。恰度そこに来合せてゐた一人の青年と口をきゝ、忽ち友人になつてしまつたのである。青年は黒いリボンのついた大きな麦藁帽子を冠つてゐた、松永立木君と云ふ人であつた。

この松永君は戸隠に於ける私のもつともよき友達になつた。

この松永君は夏の初めに、一人で戸隠に来たのであつたが、その後、手紙で呼びよせたとみえて、お母さんと弟さんがこられた。山では薄を縁側に供へ月を待つ夜があつた、私はそんな夜松永君の宿坊の前の行きずりに、母子の人達が睦まじく話してゐる風景を見て、頗る心を動かした。小柄で怜悧さうな弟さんはお母さんの背後に廻つて肩を敲いてあげてゐたのである。

松永君にはもう一人兄さんがあつた。当時兄さんは召されて戦地に赴いてゐたのである。

この兄さん——松永茂雄君はその年の秋、恰度立木君達が戸隠を下つて東京へ帰つてから間もなく、武漢の役で病を得て亡くなられたのであつた。茂雄君は久しい以前から戸隠を愛し、屢々来遊されたときいてゐた。戦病死の報のあつた後、一日立木君は私の宅に見えられた。兄さんの話が色々出た。茂雄君が学問の立場から戸隠地方を研究され、いくつかの貴重な論文、資料、ノオト等を残されてゐるときいてゐたが私はその時、それらの物も見せて貰つたのである。私は色々の点で教はる所が頗る多かつた。併し、それとは別にこの若い、真摯な学徒松永茂雄君が戸隠を愛したことは必ずしもさう云ふ学問の立場からではなかつたと云ふ事は私にとつて一層嬉しかつた。

「私はこの山でおほどかにお坊様のやうに暮して見たい」

これは当時二十三四歳の青年茂雄君の書き残した言葉であつた。

茂雄君の戦病死された年、その同じい秋に、末の弟さんは秩父の山で行方不明になつた。私は顔見知りであつただけに、この可憐な少年の身に起つた悲劇をきいた時は、暗然とした。少年は余程山が好きであつたらしい、夏の戸隠で、「お兄様《にい》、お天気になつたら、八方睨みまで登つてみませうよ」と切り《しき》に立木君にねだつてゐた少年の姿なども思ひ出されたのである。

弟さんが秩父の山に行つたのは、恰度東京でも暴風雨に見舞はれた日の前日であつたから、恐らく家人達も気づかつてゐたのに違ひない。なんでも、後に探査に赴いた立木君の話によると、山の谿川の畔で、少年の着てゐた服とリユツクサツクを発見したといふ事である、情況から推して考へて見ると、激しい暴風に吹かれて、身を支へられなくなつた少年は、身につけてゐたものを一つびとつ脱いでいつたものらしい、そんな少年の懸命な努力が偲ばれて、私は涙ぐんでしまつたのである。

立木君は一度に愛する兄と弟とを喪つたのであつた。

その冬の事であつた。私は戸隠の消印のある葉書を立木君から受け取つた。葉書には、山には雪が何尺あつたとか、夕方宝光社に着いたが、バスがそこまでしか行かないので、雪の中を歩いて、やつとの思ひで中社の部落まで辿りついたといふやうな事が認めてあつた。立木君は感傷を語る事は好まないらしい、併し、立木君が好んでそんな冬の戸隠に行つた気持は、私にも朧ろに察しる事が出来たのである。

松永立木君と相知り、次いで松永兄弟の間に、こんな事が相ついで生起したのは、並びに私がこのささやかな「絵本」を執筆中のことであつた。私はこの書き物が一冊となつて上梓されるに当つて、かう云ふ事も書いて置きたかつたのである。

私の「戸隠の絵本」は前にも述べたやうに、私のかりそめのノオトにすぎない。素より戸隠山紹介の意味はない、風土記の要素にも乏しい。風景人物の多くも、偶々私の触目し得たもののみで、それらのすべてが、私のイメージを通したものであるのは云ふまでもない。

戸隠山に就ては、川端康成氏が、新らしい信濃の風土記「牧歌」の中で、優れた観察をしてゐられる。

明治年代のものでは、私は最近山田美妙氏の「戸隠山紀行」と云ふものを読んでみた。これは純然たる紀行文であり、親切に紹介の労をもとつてゐられる。僅かに一日の旅の間の観察としては至つて豊富な感じがする。明治の所謂言文一致の文章に接する面白みと共に、当時の戸隠山の風景が十全に偲ばれるものであつた。

美妙の戸隠山行は長野からの徒歩によつたものである。その頃では都人は云ふまでもなく、地元の長野人《びと》の中にも猶戸隠を見ぬ者が頗る多くあつたと記されてゐる、勿論今日の様な乗物の便などはなかつたに違ひない。

紀行文の冒頭「耶馬渓の奇は実見せぬ事とて何とも云へず、妙義の勝は成る程勝、然し戸隠山に比べれば猶規模の小さい処が恨です」と云つてゐる。

美妙及び同行者の服装は、単衣《ひとへ》の着流しに脚絆《きやはん》草鞋がけ、大峯山から荒安に出て、飯綱原を通つて一の鳥居についたものらしい。美妙はその鳥居のある所から初めて遠望した戸隠山を、「さても妙絶佳絶鼠色の峻崖絶壁」と評してゐる。途中で、丹波島の者で戸隠山に鶯の雛を取りに行く二人づれに逢つた事も見えてゐる。

中社で美妙の憩ふたのは社司久山義男氏の住ひとあるから、現在の宮司久山淑人氏のお父さんにでも当るのかも知れない、その坊の建築についても、「一間の木目立つた縁側がはるかに走つて、小壁の高さ四尺ばかり、摺金の六角形臍附の釘かくしも処処取れては居たものの、ここに衣冠で坐を広く潰しても失策は無ささうな体、見るからが古代に生れた心地が為た」と云つてゐる。今日久山家の奥書院に坐した気持も、これとあまり遠くはなささうである。

「……菖蒲の茎は有つても蕾がやうやく催したと云ふ位な体であつた事である、七月の中旬に菖蒲が咲かぬとは」と云つて、庭前の山の草木に驚いた一節もある。

尚、戸隠の風俗に就ては、奥社の山守を描いて、「音なひの声に立ち出てきたのは、くくり袴をどつぷり穿いて惣髪に結つた男であつた」と云つてゐる。又、久山家の食膳の給仕に出た少女を、「年は十七八、口重で容易に物を云はず、かざりも無く唐人髷を結んで飛白《かすり》の単衣と赤勝の帯、質朴な、世にすれぬ気色正にたつぷり」と賞めてゐる。これなども、今日戸隠に遊ぶ人が必ず経験する所であらう。もつともこの文の後《あと》に美妙は少女に試みに名をたづねた所が、少女は恥しさうに、「紅葉」と一言答へたと記されてゐる。紅葉は例の紅葉狩伝説の故事から出たものだらうと云つてゐるが、或はこれは美妙氏の好奇心のなすイメージか、創作にかかるものかも知れない。

戸隠の食物に就ては、名物蕎麦のことは勿論、岩魚の煮びたしなども見えてゐる。それに、地瘤《ぢこぼ》の事が記されてあつたのは一寸うれしかつた。

「殊に戸隠固有と云ふ地瘤《ちこぶ》とか云ふ菌の一種、それが他国で迚《とて》も得られぬ物であつた。地瘤とは形ち土筆の大きなやう、蛇の背に似た斑があつて其色は薄鼠、口に入れればぬらついて一寸言へば蓴菜《じゅんさい》のやう、しかし美味であつた。是は地から取つて数時間経つと腐敗して虫になるとか、其のために戸隠より外へ持出す事も出来ず」とこのやうに説明してあつた。

山田美妙の戸隠山紀行は明治二十二年の七月である、私共が生れる遥か以前のことである。私は今からざつと五十年以前の「戸隠山」を読み乍ら、それが現在のものと凡ゆる点であまり変化のないのに一驚したのであつた。

実際、県道が出来て、バスが通じるやうになつた、中社や宝光社に土産物を売る店が幾軒か出来た、外見上でもそれ位の変化である。

夏になると、都会の人もくる、野尻湖からきた紅毛人の女が赤いパラソルをさして山道を歩いてゐる、しかしさう云ふ色彩もほんの一ときである。秋から冬にかけては、お宮と、お宮の周りの、昔から増しもしなければ減りもしない聚長の家々を中心として、古《いにしへ》の姿に還るのである。

私は、戸隠の若い一婦人の手紙をここで紹介しておかう。この婦人は片仮名ばかりで手紙を書く。文字の約束にもとらはれない。かう云ふ婦人の心にも、戸隠の古のままの自然を偲ぶことが出来るかも知れない。

「……ワタシハ、オ、ゼイ　イラシツタジブンノ　セイクワツ、オモイダスノモイヤ、ゴミゴミシタ　キマリノナイセイクワツ　コレカラ　アキバレト　オナジ　ジユンス　イノ　トガクシヤマノキブンニナリタイ　スキナコトシテ　ヤマアソビシテ」

もう一つ

「センジツ、トモサン　イイヅナヤマヱノボリマシタ　ニツポンバレ　シホウガ　ト　テモヨクミヱタンデスツテ　ノジリコノボートマデミヱタト　トクイニナツテカヘツ　テキマシタ　ウラヤマシク　シヤクニサワツタ」

東京では、いつの間にか葉桜になつた。善光寺の城山公園の桜は四月二十七八日が恰度盛りである。戸隠山はそれとは又一と月位春がおくれる事であらう。

「まだ雪が三尺の余もあつて、その雪の上で鶯が鳴いてゐる」

これが一番最近の戸隠のたよりである。

立原道造（たちはら　みちぞう）

大正三年、東京に生れる。第一高等学校在学中から口語自由律短歌、小説などを試みていたのが、昭和九年に東京帝大建築科に入学したその十月、堀辰雄らによって第二次「四季」が発刊されるのに迎えられると、詩作を専らとするようになり、優美な抒情を多くソネット形式に託して初期の同誌を一方において代表した。同十二年東京帝大卒業後は、設計の卓れた才能を認められるまま建築事務所に勤務するなかで、予てから土地の風光に親しんでしばしば滞在した信州追分で得た作品を主とした「萱草に寄す」「暁と夕の詩」の二詩集を同年に刊行するが、翌年、健康に恵まれなかった身体を押して出た旅の終りに病み、同十四年に歿する。

津村信夫（つむら　のぶお）

明治四十二年、兵庫県に生れる。慶大予科のとき「アララギ」の影響下に作歌を始めて萌した文学への関心が、転じて詩に向かい、室生犀星を識ってから師と仰ぎつつ、昭和七年、兄の秀夫らと創めた同人雑誌「四人」に発表の作品に示した典雅な詩情で注目された。同九年の「四季」の発刊に立原道造とともに参加し、運動の一翼を担って同誌の編集にも従うようになる間、慶大を卒業して保険会社の職に就いた翌十年に処女詩集「愛する神の歌」を刊行、その後散文の筆も執って「四季」に連載した「戸隠の絵本」がぐろりあ・そさえてから出版されるのは、同十五年である。第二詩集「父のゐる庭」を同十七年に刊行して ほどなく、俄かに病に臥して同十九年歿。

近代浪漫派文庫　34　立原道造　津村信夫

二〇〇五年六月十二日　第一刷発行

著者　立原道造　津村信夫／発行者　小林忠照／発行所　株式会社新学社　〒六〇七—八五〇一　京都市山科区東野中井ノ上町一一—三九　印刷・製本＝天理時報社／DTP＝昭英社／編集協力＝風日舎

ISBN 4-7868-0092-9

落丁本、乱丁本は左記の小社近代浪漫派文庫係までお送り下さい。送料小社負担でお取り替えいたします。

お問い合わせは、〒二〇六—八六〇二　東京都多摩市唐木田一—一六—二　新学社　東京支社

TEL〇四二—三五六—七七五〇までお願いします。

◉近代浪漫派文庫刊行のことば

文芸の変質と近年の文芸書出版の不振は、出版界のみならず、多くの人たちの夙に認めるところであろう。そうした状況にもかかわらず、先に『保田與重郎文庫』(全三十二冊)を送り出した小社は、日本の文芸に敬意と愛情を懐き、その系譜を信じる確かな読書人の存在を確認することができた。

その結果に励まされて、専ら時代に追従し、徒らに新奇を追うごとき文芸ジャーナリズムから一歩距離をおいた新しい文芸書シリーズの刊行を小社は思い立った。即ち、狭義の文学史や文壇に捉われることなく、浪漫的心性に富んだ近代の文学者・芸術家を選んで四十二冊とし、小説、詩歌、エッセイなど、それぞれの作家精神を窺うにたる作品を文庫本という小宇宙に収めるものである。

以って近代日本が生んだ文芸精神の一系譜を伝え得る、類例のない出版活動と信じる。

新学社

新学社近代浪漫派文庫（全42冊）

❶維新草莽詩文集
❷富岡鉄斎／大田垣蓮月
❸西郷隆盛／乃木希典
④内村鑑三／岡倉天心
⑤徳富蘇峰／黒岩涙香
❻幸田露伴
❼正岡子規／高浜虚子
⑧北村透谷／高山樗牛
⑨宮崎滔天
⑩樋口一葉／一宮操子
⑪島崎藤村
⓬土井晩翠／上田敏
⓭与謝野鉄幹／与謝野晶子
⓮登張竹風／生田長江
⓯蒲原有明／薄田泣菫
⑯柳田国男
⑰伊藤左千夫／佐佐木信綱
⓲山田孝雄／新村出
⓳島木赤彦／斎藤茂吉
⓴北原白秋／吉井勇
㉑萩原朔太郎
㉒前田普羅／原石鼎
㉓大手拓次／佐藤惣之助
㉔折口信夫
㉕宮沢賢治／早川孝太郎
㉖岡本かの子／上村松園
㉗佐藤春夫
㉘河井寛次郎／棟方志功
㉙大木惇夫／蔵原伸二郎
㉚中河与一／横光利一
㉛尾崎士郎／中谷孝雄
㉜川端康成
㉝「日本浪曼派」集
㉞立原道造／津村信夫
㉟蓮田善明／伊東静雄
㊱大東亜戦争詩文集
㊲岡潔／胡蘭成
㊳小林秀雄
㊴前川佐美雄／清水比庵
㊵太宰治／檀一雄
㊶今東光／五味康祐
㊷三島由紀夫

※白マルは既刊　四角は次回配本